KB068369

연애의
민낯

▲▲▲ 순정은 짧고 궁상은 길다

연애의 민낯

팜므팥알 지음 ▲▲▲

RHK
알에이치코리아

야매 연애 상담소

구여친 이별 상담소

Chapter 01

야매 연애 상담소

......

'끼 부림'에
관한
야매 연구

죽으란 법은 없다고 거칠고 황량한 우리 인생에도 어쩌다 훈남이 걸려들어올 때가 있다. 오랜만에 나간 모임이라든지, 1그램의 기대도 없이 갔던 소개팅에서라든지, 아니면 혼자 산책하는 도중에라도. (물론 그런 일은 거의 없다. 그래도 혹시나 하는 기대감에…. 로또도 매주 당첨자는 나오니까.) 그 기가 막힌 확률로 만난 꿀 같은 훈남을 그대로 놓쳐버릴 수만은 없다. 잔뜩 긴장해서 황당한 드립을 친다거나, (의미 없는) 도도함을 부려 굴러들어온 훈남을 내치는 흑역사를 이제 더 이상 만들어서는 안 된다. (언제가 될지는 모르지만) 언젠가 올지 모르는 훈남을 맞이하기 위해 필살의 '끼 부림'을 준비해보도록 하자.

끼 부림의 본질은 무엇인가?

흔히 끼를 부린다 하면 알랑알랑 콧소리를 내며 '오빠, 오빵' 여우 짓을 하는 가벼운 작태를 떠올리곤 한다. 그러나 그것은 끼 부림의 하수 격 스킬에 불과할 뿐, 본질은 아니다. 우리가 잊지 말아야 할 바람직한 끼 부림의 본질은 감정을 표현하는 주체가 타인이 아니라 '나'라는 것, '내'가 '내 마음'을 표현하는 것이라는 점이다. 온갖 수를 써서 어떻게든 한 놈 엮어보려는 수준 낮은 태도가 아니다. 상대에게 "자, 여기 네가 누울 자리를 마련해두었으니 다리를 뻗어보거라." 하는 것이 기본 마인드다. 이를 바탕으로 상대에게 매력을 발산하는 것이 바로 끼 부림! 자존감과 자신감 없이 던지는 애교와 구애는 그저 불쌍한 교태에 지나지 않을뿐더러 성공 확률조차 낮다.

교양 있게 끼 부리는 법

그렇다면 도대체 그놈의 끼는 어떻게 부려야 하는 걸까? 내면의 검은 욕망은 잠시 눌러두고, 찬찬히 끼를 부려보자.

첫 번째, 남자들이 호감을 느끼는 지점은 크게 두 가지다.

여기 네가 누울 자리를 마련했으니
다리를 뻗어보거라!

예쁘거나, 대화가 통하거나. 뷰티 쪽은 알아서 노력해보시고, 대화 쪽을 노려보자. 평소의 상식과 가치관을 넘어 대화에서 호감을 얻는 방법은 아묻따 리액션이다. 그리고 여기에 한 스푼 더, 여성스러움을 얹자. '재미있는 친구'로 끝나는 것이 아닌, '또 만나 이야기하고 싶은 여자'가 되어야 한다. 물론 그 사람이 좋아서 저절로 물개박수가 나오고 광대가 발사되는 심정은 이해한다. 간혹 그런 거친 리액션을 선호하는 남자도 있지만, 일반적인 경우 어느 정도의 여성 코스프레는 필요하다. 이 순간 우리의 롤모델은 이연희지, 이계인이 아니다. 당신의 호탕함을 자랑할 기회는 지금 말고도 많다. '호호'까지는 아니어도, '껄껄'은 안 된다.

두 번째로는 눈빛이다. 자주 눈을 마주치라. 상대가 내 마음을 알아챌까 겁먹지 말자. 지금 당장의 목적은 내 감정을 전달하는 것이다.

마지막으로는 배려와 칭찬이다. 최대한 그에게 집중하고 그가 필요한 것들을 챙겨주라. 그리고 그의 작은 말이나 행동에 칭찬할 것들을 모두 찾아 칭찬하고 감탄해주라. 특히 그가 잘 알 만한 분야나 주제에 관해 질문을 한다면 금상첨화! 어차피 남자는 다 애다. 물론 지금 이렇게 들으면 오글거리겠지만, 상대 여성의 '우와, 정말요?' 하는 조금 높은 톤의 멘트와 집중하고 기대하는 눈빛에 반응하지 않을 남자는 없다. 효과는 진짜 200%.

먼저 연락하고 전화하는 것도 괜찮다. 메신저나 메시지로 찔러보는 것 말고, 뜬금없는 저녁시간이나 주말 즈음 그가 혼자 있을 만한 시간을 고려해서 전화를 걸어보자. 그리고 시시껄렁한 그냥 대화를 나누자. 아무에게도 방해받지 않고 대화하는 시간을 스스로 만들라. 그렇게 이야기를 나누다 보면 다음 약속을 잡기도 더 수월해진다.

모바일 메신저가 득세하면서, 용건 없이는 사적인 통화를 하는 경우가 거의 없어졌다. 이럴 때 아무렇지 않게, 뭐 어떠냐는 듯, 라스베이거스에서는 이런 일 따위 흔한 것이라는 듯, 쿨하게 전화를 걸어보라. 그의 사적인 영역에 들어가는, 떨리지만 손쉬운 방법이다. 다만 그가 전화를 받지 않을 경우, 조금 민망해지기는 한다. 그러다 그쪽에서 연락이 오면 또 천연덕스럽게 대화를 이어가면 된다. 최악의 경우 다시 연락도 오지 않는다면 접자. 역시 천연덕스럽게, 시베리아처럼 쿨하게. 민망해하거나 이불을 걷어차며 혼자 창피해하지 않도록 하자. 뭐, 어떤가? 우리가 범법행위를 저지른 것도 아닌데!

끼 부림에 관한 오해, 누가 흘리고 다니랬어?

우리가 끼를 부리고자 할 때 한 가지 주의할 점이 있다. 절대 흘리고 다니는 것과 혼동해서는 안 된다는 것이다. 그 목적이 남자를 후리는, 아니 상대의 호감을 얻는 것에 있다는 점에서는 일맥상통할지 모른다. 하지만 분명히 그 둘은 구분된다. 끼 부림은 죄가 아니다. 허나 모든 남성에게 희망을 주고 오해하게 만들어 흘리고 다니는 작태는 쌍욕을 들어 마땅하다. 자신의 언행이 어디서 어떤 싹을 틔울지는 안중에도 없고 일단 내가 가진 건 다 뿌리고 보는 파렴치한 짓이다. 그저 그 사람이 내게 호감을 느끼면 그뿐, 달콤하고 친절한 눈빛과 말투 안에 상대를 향한 진정성은 담겨 있지 않다. 이건 우리가 지금 이야기하고, 지향하는 바가 절대 아니다. 내 마음이 소중하면 상대방의 마음도 소중한 법이다. 우리가 아무리 성공 확률을 높여 남친을 만들고, 혹은 그 구역 여신이 되고 싶더라도 아무 데나 흘리고 다니면 안 되는 가장 큰 이유가 바로 여기에 있다. 한 놈만, 아니 한 우물만 파야 한다는 것을 명심하라.

이 모든 것이 다 부질없어 보이고 귀찮을 수도 있다. 그렇다면 한 가지 방법이 있다. 천송이 가라사대, 예쁘면 된다.(젠장!) 어쨌든 한번 해보자. 상대에게 소중한 내 마음을 전하고, 내가 가진 매력을 보여주는 과정과 노력은 결코 값싼 것이 아니니까. 청춘은 짧고 훈남은 적다. 이러고 있을 때가 아니다. 우리 모두 전력을 다해 끼를 부리자!

연애 복학생을

위한

솔루션

연애에 서툰 복학생 오빠가 "애기~" 혹은 "ㅎ 넝담~" 과 같은 소름 끼치는 어휘를 구사하며 자기도 모르게 연애에서 두 걸음 세 걸음 멀어져가는 것을 그저 남 일처럼 지켜보았는가? 그런데 이게 정말 남 일일까?

우리는 군대도 안 갔다왔는데, 왜 울끈불끈한 남녀상열지사의 현장에서 멀어져만 가고 있을까? 우리에게는 냉혹한 현실 진단과 그 해결이 절실하다.

우리는 윤종신, 이승철이 아니다

상대방을 심사하지 말라는 얘기다. 그것도 '결혼 상대'로. 물론 나이가 들어갈수록, 연애를 시작하는 것이 결코 이전처럼 가벼울 수 없다는 것은 이해한다. 늦은 나이에 새로 연애를 시작하면 주변에서 모두 하나같이 "언제 국수 먹여줘?"와 같은 1960년대식 멘트를 한다는 것도 알고 있다.

하지만 아무리 주변에서 자신을 초조하게 만들어도 잊지 말아야 한다. 결혼은 연애 다음이다. 연애 이전에는 요즘 젊은이답게 썸이라는 것도 타봐야 하고 말이다. 그러려면? 그 '사람'과 만나야 하지 않겠나! 자기만의 기나긴 이상형 목록을 만들어놓고, 여기 안 맞으면 탈락, 이게 없으니까 탈락. 그런 심사숙고 좀 미리 하지 말자.

사람과 만나 사랑을 시작하는 일은 오디션 프로그램 같은 것이 아니다. 완벽한 사람은 아무리 평생 찾아도 못 찾는다. 그리고 또 그런 사람은 우리를 좋아할 리가 없다. 절대로 용서할 수 없는 한두 가지 결점이 아니라면, 너무 까다롭게 팔짱 끼고 고르지 말자. 서로의 치명적인 단점까지 사랑스럽게 보아줄 수 있는 단 한 사람이 되어주는 것, 그것이 진정한 연애의 기적 아닐까.

사람 한 번 봐서는 잘 모른다. 밥 먹자는 연락이 온다면, '그 사람과 결혼한다면 어떨까? 아, 이것 때문에 절대 안 돼.' 하는 심사는 집어치우고 그냥 사람을 만나러 나가보라. 장담하건대, 그 사람도 지금 당신과 결혼할 생각은 없다. 되게 김칫국이다, 그거.

나 자신을 더욱 사랑할 것

너무 식상한 솔루션 아니냐고? 하지만 우리는 정말로 스스로를 사랑하는 것에 너무나 인색하다. 나를 위한 선물이랍시고 매달 옷이나 화장품, 물건들을 지르는 것도 자신을 사랑하는 것이라면 우리는 진작에 자존감 킹이 되고도 남았겠지만…. 여기서 말하는 자존감은 조금 다른 이야기다.

잠깐 사람 없는 곳으로 조용히 자리를 옮겨 육성으로 세 번 외쳐보자. "내 탓이 아니다." "내 탓이 아니다." "내 탓이 아니다." 그래, 당신 탓이 아니다. 지난 사랑이 그렇게 끝나버린 것도, 진정으로 믿었던 그 사람이 나를 떠난 것도, 줄기차게 계속 나쁜 놈들만 내게 수작을 걸어온 것도, 너무 외로워 잠깐 이상한 사람과 연애를 해보다 망쳐버린 수치스러운 일도 모두 당신 잘못이 아니다.

그러니까 다시 누군가를 만나, 사랑하는 일에 지레 겁을 먹거나 망설이지 말라는 얘기다. 우리가 또다시 나쁜 놈팽이를 만난다 해도, 혹은 가슴 아픈 이별을 다시 경험하게 된다 해도, 그리고 호감이 있는 누군가에게 관심을 보였다가 거절당한다고 해도 그것은 절대로 자신의 탓이 아니다. 그저 인연이 아니었고, 때가 아니었을 뿐이다. 자신이 어떻기 때문에 겪게 되는 괴로움이 아니라는 거다.

이럴 때일수록 우리 자신을 더 사랑해줄 필요가 있다. 겁내지 말고, 다시 가슴 뛰는 사랑을 해도 된다고, 스스로를 더 응원해주자. 자신을 믿고, 아껴야만 지난 사랑의 상처가 남아 있더라도, 그래서 두렵더라도 다시 씩씩하게 사랑을 할 수 있다. 당신은 사랑을 하기에 충분히 멋진 사람이다. 내가 대신 장담할 테니 사랑을 시작할 수 있는 자기 자신을 조금 더 믿었으면 좋겠다.

체력 핑계 대지 마라

사랑을 하기에 너무 지쳤고, 이제 연애하려면 피곤하다며 연애 안 하고 드라마 보고 취미생활 하는 게 더 좋다고 말하는 이들이 많다. 언론매체에서 한창 떠들던 '건어물녀'다. 남한테 피해 주는 것도 아니니 자신만 좋다면 절대로 이들을 힐난할 생각은 없다. 하지만 당신이 연애하고 싶은 마음이 있다면 이런 핑계와 패턴에 갇혀서는 안 된다. 체력이 떨어지면, 운동을 하고 보약을 먹어라. 체력 떨어진다고 안 움직이고 사는 것은 미련한 짓이다. 연애에도 근육이 필요하다. 피곤하고 지친다고 굳어가는 연애의 근육을 방치하지 마라. 감정 소모가 싫어 피하고 도망치는 것은 해결방법이 될 수 없음을 기억하라.

어린 것들한테 피부로 지는 것도 서러운데, 근성으로는 지지 말자. 연애에 서툰, 이제 연애를 다시 시작할 우리, 이제 현역에서 팔딱팔딱 연애할 차례다.

'괜찮은' 남자는
도대체 다
어디에 있나!

실제로 내 이야기다. 여중, 여고를 나오고 여대는 아니었으나 여성이 절대 다수를 차지하는 학과를 나와, 역시 남자라고는 부장님, 사장님뿐인 직장에 들어갔더라는 눈물 없인 듣지 못할 짠내 가득한 이야기. 상황이 이렇다 보니 내게 남자를 제대로 알고 고를 수 있는 여유 따윈 조금도 없었다. 이성을 만날 수 있는 기회라고는 오직 소개팅 정도? (하지만 우리 모두 알지 않나. 개미 눈곱만도 못한 소개팅 성공 확률을⋯.) 그래서 나는 더욱 심각하게 고민하고 또 고민할 수밖에 없었다. "도대체 어디에서 어떻게 내 인연을 만날 수 있는 걸까?"그러다 때로는 '괜찮은' 남자는 다 숨겨버렸어!라는 무시무시한 결론이 날 때도 있지만. 여하튼 나와 같은 처지와 환경 속에서 메마른 나날을 보내고 있을 무수한 여성들을 위하여 그동안 내가 험난하게 지나온 '괜찮은 남자 탐색 여정'을 이야기해보도록 하겠다.

동아리, 동호회, 학원… 아, 안 생겨요?!

취미를 함께 공유할 수 있는 인연을 만나는 것, 참 건전하고 건설적인 연애 방법이다. 그러나 나는 이 관문에서 처참한 실패를 경험했다.

첫 번째 이유는 곧이곧대로 취향 따라 동호회에 가입했기 때문이다. 여성적 취미를 감안해 가입한 곳에서 친한 여자친구, 언니, 동생만 잔뜩 생겼다. 남자를 만나려면 남자가 있는 곳에 가야 하는 법. 예를 들면 자동차, 스포츠 관련 동호회처럼 대부분의 여성들과는 거리가 먼 동호회라면 더 좋다. 혹시 그 참에 나에게 맞는 적성을 찾을지 누가 알랴.

두 번째 실패 요인은 바로 여왕벌과의 만남이다. 앞서 말한 동호회에는 모든 남자들의 관심을 자기 혼자만 받아야 하는 여왕벌 캐릭터가 서식하고 있을지 모르니 주의하라. 어지간한 내공으로는 피 튀기는 기 싸움과 견제 공작을 견디기 어렵다.

그러나 가장 핵심적인 실패의 이유는, 이렇게 애타게 찾는 괜찮은 남자는 사람 많은 동호회에서도 0.1퍼센트에 불과하다는 사실이 아닐까? 그나마 추천할 만한 곳은 바로 봉사 동호회이다. 다만, 전제는 가입하면 반드시 '진심이 담긴 봉사'를 해야 한다는 점이다. 따뜻한 마음을 품고 참여한다면 분명 좋은 일도 생기겠지.

사냥꾼님 사냥꾼님, 날 좀 잡아가쇼. '헌팅'

언젠가 개그우먼 안선영 씨가 연애 관련 책을 내면서 방송에서 이런 말을 한 적이 있다. "청담동 카페에서 브런치 먹어봐야 아무 소용없다. 그곳엔 여자들만 있기 때문이다. 차라리 평일 저녁 신사동 뒷골목의 선술집을 가봐라. 스펙 좋은 남자들이 모여 퇴근 후 회포를 풀고 있을 테니." 그래서 난 정말 가봤다, 평일 저녁의 선술집을. 그랬다. 정말 그래 보이는 남자들이 많았다. 결과는? 같이 간 친구와 쌓인 회포를 거나하게 풀고 집에 무사하고 안전하게 돌아왔을 뿐이다.

정신 차리자. 가만히 앉아 술집에서 술 먹는데, 멋진 남자가 내게 다가올 리 없다. 가만히 있어도 남자들이 제발로 다가오는 외모의 여자라면 지금 이 글을 읽을 필요도 없고, 굳이 이런 곳 찾아가지 않아도 그냥 생긴다. (다 꺼져버려. 예쁜 여자.) 괜찮은 남자들이 많은 곳을 찾더라도 우리는 뭔가 '해야' 한다. 술 먹다 말고 마음에 드는 쪽을 향해 눈짓이라도 한 번 해야 하고, 하다못해 모델 워킹이라도 하며 술집을 한 바퀴 돌아 시선을 끌어야 한다.

결론은 헌팅도 그냥 되는 게 아니라는 것이다. 사냥감이 제 발로 사냥꾼의 활 각도에 맞추어 서는 정도의 노력이 필요하다. 아니면 이 땅의 호방한 신여성답게 직접 먼저 말을 거는 것도 좋은 방법이다. 실제로 어떤 이는 지하철을 탈 때 자신의 연락처를 적은 쪽지를 늘 상비하고 다닌단다. 언제 훈남을 마주칠지 몰라서 말이다. 용기 있는 호방한 훈녀가 훈남을 채가는 법이다. 명심하자. 어떤 환경과 상황에서도 자신이 뭔가 해야 한다는 것을 말이다. 날로 먹을 수 없단 얘기다.

'남초 집단'은 천국인가? 있다고는 하는데 본 적은 없네

우리가 여자만 득실대는 이 구석에서 썩어가듯, 어떤 곳에서는 남자들이 자기들끼리만 모여 술 담배로 하루하루를 연명하고 있다. 대표적으로 남중-남고-공대 라인이랄까? (진짜 다음 생에는 수학을 열심히 해서 이런 환경에서 한 번 살아보고 싶다.) 물론 난 이 남초 집단을 본 적이 없다. 있다 카더라는 소문만 들었을 뿐이다. 그렇다면 이제 이 남초 집단과의 접점을 미친 듯이 찾아보자.

첫 번째로, 공대 들어간 여자 동창이라면 오늘 부로 우리의 VIP다. 일단 주변에 남자 사람은 많기 때문에 소개팅이나 미팅을 부탁하면 거의 오케이다. 하지만 잊지 말아야 할 주의사항 한 가지, 우리의 그 여자 동창은 '커플'이어야 한다는 것이다. 정말 괜찮은 사람이면 소개는커녕 본인이 만났겠지. 요거 조심하라. 괜히 그 동창의 어장 속 버린 고기 구경만 하게 될 수도 있다.

그리고 두 번째, 친구 남친의 친구도 다시 보자. 그동안 치미는 분노와 짜증을 꾹꾹 참으며 친구의 남친 자랑을 들어준 대가를 이제는 치룰 차례다. 친구들의 남친을 잘 살펴보라. 공대생이거나 남학교를 졸업한 이들이 은근 꽤 있다. 이들과는 소개팅, 미팅보다 친구와 친구 남친까지 포함해서 그냥 다 같이 편한 자리를 자주 만들어보라고 권하고 싶다. 주변에 이성이 없는 사람만이 느낄 수 있는, 인간 본연의 짠내 나는 외로움을 이해하는 사람. 그런 사람들과의 만남은 꼭 사귀냐 안 사귀냐를 떠나서 폭풍 공감과 위로의 자리가 될 것이다.

그리고 하나 더 잊지 말아야 할 것, 혹시 그곳에서 특별한 인연을 만나게 된다면 당신 주변의 여초도 해결하라. 새끼 치라는 얘기다. 더불어 사는 세상이다. 혼자 살면 안 된다.

"뭐라도 찍어바르고 밖에 나오세요."

인터넷에서 개그맨 박명수 씨의 어록을 보다가 가장 공감했던 한 줄이다. 그렇다. 명수옹 말은 생각할수록 진리였다. 스스로를 정말 사랑하는 우리, 혼자서도 북 치고 장구 치고 잘 놀지만 이번만큼은 북채도 장구채도 내려두고 뭐라도 좀 찍어바르고 사람들을 만나러 나가보자. 괜찮은 남자는 결국 '사람들 속'에 있으니까.

연애세포에

관한

진실

주말에 만날 소개팅남에게 온 메시지에 영혼 없는 답장을 하며 '참 재미없다'는 생각이 들었다. 이번에도 아닐 것 같은데 나가서 뭐하나. 아까운 내 주말, 늘어지게 늦잠 자고 뒹굴대다 〈무한도전〉이나 보면 좋겠다는 바람까지 든다. 그게 행복이지, 연애해야만 행복인가. 연애 안 하니까 다이어트 안 해도 되고, 제모 안 해도 되고…. 이렇게 우리의 연애세포는 점점 말라간다. 이러다 연애의 민낯이 아니라, 그냥 민낯 얘기만 하게 될지도 모른다. 그러기 전에 우리의 연애세포에도 촉촉한 수분 크림 처방이 시급하다.

아무일 없는 날
아무것도 하기 싫은 날
이대로 괜찮을 걸까?

Step1 심장을 예열하라: 가공된 멜로는 언제나 풍년이다

걱정 마시라. 아무리 칼날 같은 바람이 부는 잔인한 계절이라도 죽으란 법은 없었다. 우리에겐 전파 남친이, 종이 남친이 기다리고 있다. 아이돌과 드라마 남자주인공으로 가득한 유튜브랑 티비만으로도 우리의 광대는 우주 끝까지 발사될 만큼 가볍고 하찮다. 그들은 가장 훌륭한 미소와 바람직한 몸매, 다정한 눈빛까지 장전한 채 달콤하게 우리를 맞이한다. 그뿐인가? 순정만화와 로맨스 소설들은 또 얼마나 애절하고 달달한가. 티비를 끄고, 책장을 덮는 순간 보이는 내 얼굴의 개기름은 잠시 잊자. 중요한 건, 그 로맨스들을 보면서 확장되는 우리의 모세혈관이다. 예열해두자. 오래되어 가물가물할지라도 꼭 기억하자. 우리는 다시 '사랑'할 수 있다는 것을.

Step2 현장실습: 나 만난다, 남자 사람… 상관없다, 누구라도

예열만 오래 하면 누전되고 만다. 뜨거워진 그 마음 그대로 이제 누구라도 후려보자. 아니, 관심을 표현해보자. 오랜 솔로와 철벽녀들의 문제 중 하나는, 이성에게 호감을 표하기까지 자신만의 기준이 너무나 높고 확고하다는 것이다. 그 기준에 미달되면 상대에게 지나치게 가혹하고 차갑다. 그럴 필요 없다. 우린 어차피 게을러서 어장관리 못한다. 눈앞에 있는 그 남자한테 웃어줬다고 꼭 결혼해야 하는 건 아니다. 당신의 우려만큼 남자들은 그다지 크게 오해 안 한다. 어제 본 그 드라마 여주인공처럼 까르르 웃고 이야기도 잘 들어줘보자. 이렇게 평소에 연습이 되어 있어야 우리의 남자주인공이 나타났을 때 제대로 끼 부릴 수 있다. 일단 '실습'부터 해두자.

Step3 보수 공사: 오래된 연인이라면

발그레하던 그 시절이 언제였냐는 듯, 연락도 데이트도 그저 일상처럼 맞이하는 연인들에게는 '연애세포 보수 공사'가 절실하다. 신뢰가 쌓이고, 편해진다는 것은 연인들에게 정말 큰 행복이지만, 때로는 서로 긴장감과 설렘을 느끼는 시간도 빼놓을 수 없는 연애의 기쁨이니까 말이다.

가장 확실한 방법은 '바람'이라며 악마의 소리를 해주고 싶지만, 고소당할 수도 있으니까 참기로 하고…. 조금 비슷한 맥락에서 서로가 얼마나 매력적인 상대인가를 다시 깨닫는 것이 가장 중요하다는 이야기를 하고 싶다. 상대방의 '이성' 친구들을 함께 만나본다거나, 처음 만나 서로 사랑을 표현할 때를 회상하며 추억 팔이를 해보는 건 어떨까. 익숙한 내 사람이 다른 사람에게는 매력적인 이성일 수 있다는 묘한 긴장감은 램수면 중인 연애세포를 깨워줄 수 있을 것이다.

연애니, 연애세포니 그깟 게 뭐라고, 뭘 이렇게까지 해야 하나 싶을 수도 있다. 난 그냥 홀로 고고하게 지내겠노라 말할 수도 있을 거다. 근데 사실 고고한 당신도 알고 있지 않은가. 그렇게 열심히 철벽을 쳐봐도, 마음에 새어드는 찬바람 한 자락 막을 수 없다는 것을. 조금 쪽팔려도 안 죽는다. 조금 더 용기를 내자.

Chapter 01
야 매 연 애 상 담 소

......

민폐 커플 관찰기,

연애는

니들만 하냐?

폭우에 우박까지 미친 듯 쏟아지던 어느 궂은 날이
었다. 그래도 살아보겠다고 우산을 꼭 쥐고 부들대며 길을 걷다가
마주 오는 커플과 마주쳤다. 비좁은 길이라 내가 뒤로 조금 물러나
길을 양보해줬지만, 공간을 조금도 좁히지 않고 걸어오던 그들은
결국 비켜 서 있는 내 우산에 부딪혔다. 아마 여자 쪽으로 물이 조
금 튀었던 것 같다. 물론 내게도 튀었다. 그런데 그 순간 커플 남자
는 마치 가문의 원수라도 만난 듯 내게 눈을 부라리며 쌍욕을 내
뱉었다. "이런 썩을 ××× ×××?!" 하지만 현실 쭈구리인 나는 비

오는 날 더러운 꼴 겪기 싫어 꾹 참고 지나갔다. 그러나 며칠이 지
난 뒤에도 참담하고 분한 마음을 금할 길이 없었다. 내가 무얼 잘
못했지? 그런데 생각해보니 이런 무법자형 커플은 꽤나 자주 출몰
한다. 이들은 혈기 넘치는 20대 초반들 가운데서 흔히 찾아볼 수
있는데, 보통 목소리가 어이없도록 큰 것이 특징이다.

　　내 친구 K양은 새로 산 옷을 입고 나와 기분 좋게 버스를
기다리고 있었다. 그리고 곧 그녀의 귀에 쩌렁쩌렁한 커플의 목소
리가 꽂혀왔다. "자기야, 저 여자 어제 내 옷이랑 똑같은 거 입었
어." "정말? 근데 저 여자는 별론데? 역시 우리 애기가 제일 예뻐."
자기들끼리 한 말이니 가서 따질 수도 없고, K양은 그 자리에서 아
무 대꾸도 못한 채 속수무책 '별로인 여자'가 되었다. 심지어 뒤돌
아 확인하니 그 여자는 별로 이쁘지도 않았다며 K는 피 끓는 억울
함을 토해냈다. 왜 그들의 같잖은 애정놀음 때문에 이러한 피해자
가 양산되어야 하는가? 거리의 무개념 무법자 커플 퇴치를 위한 국
가 차원의 보호가 시급하다. 여린 민간인은 도대체 살 수가 없다.

　　지하철 '오징어 지킴이 커플'은 최근 그 피해 사례가 더욱
속출 중이다. 출근 시간에 멍 때리지 않는 이 누가 있으랴. 앞에 남
자가 있는지, 개가 있는지도 모른 채 멍하니 한참을 가는데 따가운
시선이 느껴졌다. 내 앞에 앉은 남자의 여자친구였다. 순간 너무나
억울하고 황당했다. 나는 그 남자를 쳐다본 게 아닌데, 그녀는 나

를 죽일 듯 노려보며 그 남자에게 더욱 가까이 기댔다. 아, 정말 그 녀에게 말하고 싶었다. "그 오징어 당신 것 맞습니다! 저는 정말 골백번 다시 태어나도 당신 오징어를 탐내지 않을 자신이 있습니 다. 전 인류를 위해 영원하세요, 제발!"

민폐 커플은 생판 모르는 이들 중에서만 보이는 것이 아니 다. 개념 옹골차던 절친도 어느 날 연애를 시작하더니 때리고 싶을 만큼 변모할 때가 왕왕 있다. 특히 그들이 싸웠을 때 그렇다. 모처 럼 친구들끼리 모인 자리에서 몇 시간 동안 자기 남친의 험담을 아주 심각하게 늘어놓던 C양에게, 다른 친구 Y군이 "근데 그런 애 를 왜 만나?"라고 묻자 그녀는 이렇게 말했다. "야, 그래도 너보다 나아." 두둥! 세 시간이 넘게 기 빨려가며 친구의 이야기를 들어준 대가가 Y군에게 벅찬 뒤통수로 다가왔다. C양, 너 그러는 거 아냐. 인마.

그래, '내가 하면 로맨스'가 맞다. 여럿이 같이 있어도 서로 만 눈에 보이고, 딱 너희 둘만 세상의 주인공인 것 같은 그 기분 이 해한다. 그런데 왜 요즈음 자꾸 인터넷에서 더 유명한, 책 속 한 구 절이 떠오를까? "그렇게 유난을 떨더니, 너희도 결국 헤어졌구나." 제발 조용히 좀 연애하자.

......

절대 연애할 수 없는,

최악의 남자

월드컵

이상형 월드컵 맨날 해봐야, 그런 사람은 우리가 만날 수가 없다. 대신에 이번에는 정말로 현실적인 월드컵을 한번 해보자. 최고를 가질 수 없다면, 최악만은 면해야 하지 않겠나. 당신이 정말 꼭 피하고 싶은, 절대 용서할 수 없는 스타일이라도 잘 파악해두자는 얘기다. 그리고 이번에는 꼭 잘 피해가보자.

이 최악의 남자 월드컵은 이전 라운드에서 더 최악으로 꼽힌 남자가 다음 라운드로 올라가, 최종 라운드까지 대결을 펼치는 것이다. 자, 최종 라운드에 남은 당신의 최악남은 누구일까?

(　　　) vs. 싸운 후에 인터넷에 구구절절 글 올리는 남자

(　　　) vs. 말버릇이 험한 남자

(　　　) vs. "여자가…" 소리가 입에 붙은 마초남

(　　　) vs. 공감 능력이 전혀 없는 남자(늘 남의 편)

(　　　) vs. 유흥업소 가는 남자

덧글

미치겠죠? 이 월드컵은 중도 포기를 권장합니다.
뭘, 이런 걸 골라요. 이런 사람 다 만나지 마세요, 제발요!

왜 내 친구는

모두가 말리는

연애를 계속할까?

'지팔지꼰'이라는 말, 혹시 들어본 적 있는가? "지 팔자 지가 꼰다"의 준말이다. 모두가 말려도 불나방마냥 고생길이 훤한 불구덩이 속을 제 발로 걸어가는 이들에게 해줄 수 있는 말이 랄까. 오늘 이야기하고자 하는 주제도 바로 이 '지팔지꼰'이다.

남의 연애, 그것도 남친 험담을 상담해주는 일은 세상에서 제일 의미 없고 허무한 일이지만(어차피 내가 떠들어봐야 본인이 좋으면 계속 만날 테니까), 그래도 참견할 수밖에 없는 남의 연애. 그것 도 내 친구가 너무 아까운 경우라면 우리는 참 할 말이 많다.

너희는 그 오빠를 잘 모르잖아

우리가 더 이상 얼마나 더 그 오빠를 알아야 할까? 너를 만나는 그 1년 내내, 주말이면 잠수를 타 네가 늘 우리 앞에서 전화기만 쳐다보고 있었다는 것? 너랑 다투던 그 어느 날에, 네게 육두문자를 동반한 고함을 지르며 너를 사납게 밀쳐냈다는 것?

우리가 그 연애를 반대할 이유는 이미 충분하지만 친구는 고집을 부린다. 모기만 한 목소리로 아마도 끝을 조금 길게 늘여서 이렇게 말할 것이다. "너희는 그 오빠를 잘 모르잖아. 나한테 잘해줄 때도 많아." 어? 그런데 이 대답, 왠지 무척 익숙하지 않은가? 부부싸움 다큐에서 늘상 보던 패턴이다. 술 깨면 그렇게 좋은 사람일 수가 없다고. 에라, 화상아. 적당히 하자.

너 혼자 만드는 해피엔딩

반대 속에서 불꽃이 더 활활 피어나는 경우는 이미 로미오와 줄리엣 조상님들이 보여준 바 있다. 근데 그걸 지금 구태여 네가 보여줄 필요는 없다. 결국엔 우리가 틀리고 네가 옳았다는 것을 보여주고 싶은가? 그런데 친구야, 한 가지 기억할 것이 있다. 그것을 보여주려면 너만의 노력으로는 안 된다. 네가 일방적으로 참고 참고 참아서 이뤄낸 그 결과가 정말 네게 행복한 결말일까? 자신이 선택한 것이 옳은 것이라고 믿고 싶은 그 심리. 괴롭게시리 그걸 공개적으로 번복하라는 것은 아니다. 네 사랑이 정말로 진심이라는 것은 우리가 조금도 의심할 여지가 없다. 그런데 우리 다 못본 척, 못 들은 척할 테니, 네 스크래치 가득한 마음만은 조금 더 생각해봤으면 좋겠다. 그렇게 혼자 온 마음이 다 타들어가다가 재가 되어버릴까 심히 걱정이다.

알량한 온기, 그 소중함

"도대체 그 나쁜 놈이 왜 좋은 건데?" 하고 물으면 한숨을 쉬며 "그러게." 하고 대답하는 내 친구. 나는 그 미련한 마음이 무엇인지 조금도 알지 못했고 알고 싶지도 않았다. 그냥 친구가 한심해서 죽을 지경이었다. 하지만 자의반 타의반, 솔로 생활이 길어지고 강제적 순결 기간이 길어지고 나니 그 친구의 마음을 조금은 알 것도 같다.

이 낯설고 뭣 같은 세상에서 내 편이 되어주는 한 사람이 있다는 것. 그 기간이 아주 잠깐, 찰나일지라도 얼어붙은 우리 마음에는 그 알량한 온기마저 절실하다. 그 손을 놓아버리면 영영 차가운 곳에 혼자 남을 것만 같은 불안감이 드는 게 사실이다. 이 사람을 보낸다고 해서 쉽게 또 다른 누군가가 날 안아주지 않을 것이라는 현실적인 두려움이 생기는 것이다. 단 한 줌의 온기일지라도, 우리가 그 온기에 매달리고 안달하는 이유가 바로 그것이 아닐까. 내가 그 애의 따뜻했던 목소리를 아직도 미련하게 기다리고 있는 것처럼….

　사랑에 빠진 사람들은 누구나 바보다. 자신의 손해나 이익 같은 것은 모두 나중 문제다. 그래서 이 각박한 삶 속에서 사랑이 더욱 빛나 보이는 것일지도 모른다. 영악하게 자신이 큰지, 상대가 큰지 따지라는 것이 아니다. 당신이 손해를 봐도 행복하다면 그게 사랑이라고 응원해줄 용의도 충분히 있다. 다 좋다. 근데 당신을 사랑한다면서 당신을 방치하는 사람은, 당신을 함부로 대하는 사람은 만나지 마라. 그냥 내 바람은 그것뿐, 내 코가 석자니까 내 오지랖은 여기까지.

소개팅 애프터를

위한

필승 전략

"소개팅에는 왜 괜찮은 남자가 나오지 않는 걸까?"
한때 친구들과 모여 심각하게 고민한 적이 있다. 심지어 여행에서
만난 어떤 언니는 소개팅을 일컬어 '찐따 컬렉션'을 만날 수 있는
곳이라 표현하기도 했다. 주말 저녁 강남역과 홍대입구역, 명동역
등지에 서서 기다리는 수많은 소개팅남 중, '제발 저 사람만은 아
니겠지' 하면 그 사람이 어김없이 내 소개팅 상대라는 짠내 나는
법칙도 이제 입 아플 정도다. 하지만 꽃다운 20대 시절도 어느덧
저물어가고 소개팅 역사만 10여 년을 채운 요즘, 소개팅의 목표는

'남친 획득'이 아니라는 것을 알게 됐다.

소개팅에서 가장 최악의 경우는, 마음에 안 드는 상대가 나왔을 때가 아니라 그 별로인 남자에게마저 "제 스타일이 아니네요."라는 답을 받을 때다. 심지어 그 대답은 주선자를 통해서 전달되니 민망함과 더불어 분노지수는 더욱 폭발한다. 우리의 소개팅 미션은 '결정권을 우리가 갖는 것'이다. 이번 주말에도, 지금 이 시간에도 우리의 꽃다운 청춘은 흘러간다. 때문에 이번 주말에도 혹시 있을지 모르는 소개팅의 '애프터'를 받기 위한 몇 가지 팁을 준비했다.

어찌됐건, 소개팅의 예선은 '외모'다

어디에서 어떻게 만난 여자이건 간에 남자들이 궁금한 점은 딱 한가지다. "예뻐?"

하물며 소개팅은 오죽할까. 그렇다고 해서 우리의 외모가 하루아침에 여신급이 될 수는 없는 법. 하지만 방법은 있다. '예쁜 얼굴'이 되긴 어려워도 '예쁜 여자'는 될 수 있다. 바로 옷차림과 스타일로 '예쁜 이미지'를 각인시키는 것이다. 남자들이 생각하는 '예쁜'은 의외로 단순하다. 뛰어나게 세련되고 패셔너블한 무언가가 아니라, '여성적인 느낌'을 원하는 것이다. 과하지 않은(!) 리본이나 레이스, 머리띠와 같은 여성스런 아이템을 시도해보는 것도

좋다. 자신이 소화 가능한 범위 내에서 최대한 여성스러움을 뽐내는 옷차림과 화장법을 추천한다. 소개팅에는 '이성'을 만나러 나온다. 여자 냄새 잔뜩 풍기고 오자.

소개팅, 리액션이 생명이다

때로는 소개팅남들이 불쌍해 보이기도 한다. 저나 나나 어차피 초면인데, 남자라는 이유로 대화를 주도하고 여자를 웃겨야 한다는 부담을 떠안고 쩔쩔매는 모습을 보면 참 안됐다 싶다. 상대가 나름 애쓰고 있는데, 리액션이라도 잘해야 하지 않겠는가. 잘 들어주고, 잘 웃어주자.

어디서 주워들은 출처 미상의 연구 결과에 따르면 사람은 자기가 말을 더 많이 했을 경우에 상대와의 대화가 즐거웠다고 느낀단다. 상대가 말을 많이 할 수 있는 기회를 주자. 몇 가지 질문을 던져놓고, "정말요? 꺄르륵" 하다 보면 한 시간은 너끈히 간다. 오글거린다면 꼭 이런 식의 리액션이 아니어도 된다. 진심으로 상대의 말에 귀 기울여주고 제대로 대화하면 그걸로 오케이. 웃는 얼굴과 밝은 목소리는 가장 효과적인 옵션이다.

우리는 김태희가 아니다. 여지를 주자

당신이 아무리 매력이 넘친들 무슨 소용인가. 마주 앉은 내

내 견고한 철벽 방어로 상대에게 절망과 좌절만을 안겨준다면, 아무리 당신이 치명적이어도 애프터는 오지 않는다. 다음에 더 맛있는 것 먹자는 말이나 요즘 이런 영화가 재미있다는 말에는 좋다고, 기대된다고 대답해주라는 것이다. 내가 이 남자를 다시 만나고 싶은가, 이 사람이 내 운명의 상대인가를 꼭 그 자리에서 심각하게 고민하고 결정할 필요 없다는 얘기다. 상대가 호의를 가지고 면전에서 그렇게 이야기하는데 굳이 딱 잘라 시간 없다고, 관심 없다고 할 건 또 뭐 있나. 거절할 땐 하더라도 만나는 그 시간 동안만은 웃으며 상대를 배려해주자. 상대가 마음에 들 경우에는 두말 할 것 없이 표현하라. 대뜸 "사귑시다"라고 말하라는 게 아니다. 몇 초 동안 상대방 눈을 피하지 않고 지그시 몇 번 마주쳐주는 것만으로도 상대에게 감정은 전달된다. 요 정도 '끼'는 부려도 무방할 것 같다.

위의 팁들은 모든 남자에게 100퍼센트 적용되는 것은 아님을 밝힌다. 안 될 놈은 안 되고 될 놈은 다 된다는 얘기다. 소개팅도 사람과 사람이 만나는 건데, 무슨 경기나 스포츠마냥 묘사한 것을 불쾌하게 느끼는 이도 있지 않을까 걱정도 된다. 하지만 뭐, 여러분이 진짜 내 사람, 내 친구라 생각하고 허심탄회하게 이야기한 것이니 너그러이 이해해주시리라 믿는다. 소개팅이든 뭐든, 다정하고 따끈한 사람 만나 햄 좀 볶아보자. 모두들 굿럭!

......

철벽녀에게도
솟아날 빈틈은
있다

"아니오." "저 핸드폰 없는데요." "별로 안 좋아해요."

단호하고 쿨한 거절, 동치미처럼 시원하다. 좋다! 그런데 문제는 이거다. 시간이 있느냐고, 연락처가 뭐냐고, 영화 보는 것 좋아하냐고 물은 저 남자가 바로 우리가 오매불망 마음에 품었던 관심남이라는 눈물 나는 사실이다. 안타까운 마음에 돌아서서 피눈물을 흘려도, 집에 있는 이불을 아무리 걷어차도 이미 물은 엎질러졌다. 철벽녀, 도대체 왜 이러는 걸까?

모태 철벽녀 이야기

사실 나도 내가 연애 에세이를 쓰게 될 줄은 몰랐다. 학창 시절 여중, 여고를 다닌 나는, 학원에서 남자애들이 뒤로 지나만 가도 낯을 가렸던 쭈구리 철벽녀였다. 어쩌다 남자애들이 말을 걸면 귀까지 시뻘개지는 촌스러운 여자애 말이다. 그 시절 나의 미친 짓은 다양했는데, 그중 최악은 좋아하는 애 앞에서 일부러 다른 남자애 사진을 보여주며 내가 좋아하는 애라고 속였던 일이다. 아예 싹을 끊어버린 거다. 도대체 내가 왜 그랬을까? 아직도 나 자신이 이해가 안 간다. 그런데 그때에는 그랬다. 내가 그 애를 좋아한다는 사실을 들키는 게 나라를 빼앗기는 것보다 더 싫었던 이상한 감정. 그 애가 나를 받아주든 아니든, 내가 그 애를 좋아하는 그 마음 자체가 소중하다는 걸 그때에는 정말 몰랐다.

사후 철벽녀 이야기

몇 번의 연애가 지나고, 이제는 그냥 남자 사람 친구도 꽤 많아져서 내가 다시 철벽녀가 되는 일은 없을 줄 알았다. 그런데 왜 슬픈 예감은 틀린 적이 없을까. 나는 순수하던 모태 솔로 철벽녀에서 닳고 닳은 겁쟁이 철벽녀가 되어 있었다. 영원할 것만 같던 숱한 순간들도 결국엔 모두 끝났고, 함께 나누었던 많은 약속도 다 거짓이고 흘러가버렸다는 걸 알고 나니 누군가를 만나기가 정말 무서웠다. 누군가의 호의나 다정한 말도 어차피 찰나의 달콤함일 뿐이라고, 그게 지나고 나면 너무 아플 것이라고 지레 겁을 먹어버렸다. 아플 바에는 시작하지 말자고, 마음을 굳게 닫아버렸다. 시방, 대문까지 활짝 열어도 될까 말까한 판국에 말이다.

근자감, 우리의 살 길

모태 철벽녀 시절과 사후 철벽녀가 된 지금을 되돌아봤다. 결국 솔루션은 더럽게 간단했다. 자신감을 갖는 것 말고는 답이 없다. 어쩌겠는가? 노력한다고 우리가 한 번에 슈퍼 여신급 미모가 될 수 있는 것도 아니고, 갑자기 로또에 당첨되어서 돈으로 남자를 유혹할 수도 없지 않나. 그래도 한 번 사는 인생, 대차게 살자. 근거가 좀 없으면 어떤가? 자신감을 갖자.

모태 철벽녀라면, '내가 좋다는데, 그걸 싫다고 한다면 네가 또라이야.' 라는 미친 마인드를 품자. 반대로 그 사람의 호의를 내가 받아들여도 절대 부끄럽거나 곤란해지지 않는다. 남자도, 이성도 결국엔 사람이다. 나도 사람, 그 남자도 사람이다. 어렵게 생각하지 말자.

사후 철벽녀도 마찬가지다. 또 상처를 받아 아플지라도 또 다시 이겨낼 나를 믿어줘보자. 사랑할 때의 내 모습이 얼마나 아름다웠는지, 기억 속에만 묻어두지 말고 이제 다시 시작해보자. 자꾸

안 해 버릇하면 정말 해야 할 때 못한다. 겁먹지 말고 조금씩 마음을 열어보자.

100퍼센트 명확한 전략이란 없다. 관심남 앞에서 돼지소리를 내며 웃는다든지, 개그 욕심에 무리한 개드립을 친다든지 하는 실수도 모두 다 해보라. 중요한 건 당신이 그에게 마음을 표현했다는 것이다. 그렇게 한 단계씩 당신 마음의 철벽은 허물어질 것이다.

연애고자

오빠에게

바침

A는 참 괜찮은 사람이다. 성격도 모난 데 없고, 직업
도 탄탄하며 참 성실하다. 외모가 특출난 건 아니지만 (나름, 얼핏,
스쳐가듯, 살짝 보면 가끔은) 봐줄 만하다. 그런데 왜 A는 몇 년째 연
애고자 상태에 머물러 있는 걸까? (내가 지은 별명 아니다. 본인 입으
로 직접 자기 상태를 이렇게 말했음을 밝힌다. 오해 금지!) 여자친구가
생기면 해보겠다며 작성한 리스트들은 점점 늘어만 가고, 주말마
다 소개팅을 그렇게 부지런히 나가는데도 도무지 개선이 없다. A
의 애끓는 하소연을 듣다 못해, A와 그 주변남들이 썸녀와 나눈 메

시지 대화들을 직접 살펴보았다. 아, 오빠들… 그러시면 안 돼요.

비즈니스 중이십니까?

지금 연애하려는 것 맞죠? 거래처나 협력업체, 혹은 부장님이랑 연락하는 것 아니죠? 아니면 혹시 재입대하세요? 이게 무슨 '다나까'들이야. "잘 들어가셨습니까?" "즐거웠습니다." "실례가 안 된다면 괜찮으신지요?" 등등. 거리감만 한 가득 실린 말투다. 대화할수록 더 어렵고, 어떻게 반응해야 할지 모르게 대화를 이끈다. 상대를 배려해주고 잘해주려는 건 알겠다. 그런데 목적은 그녀와 연애하려는 것 아닌가? 서로 마음을 나누고, 대화하고, 이해하려고 만나는 건데 저런 방식으로는 여자의 마음을 열지 못한다.

무작정 무례하게 굴라는 게 아니다. 대화할 때 마음을 편히 가지란 얘기다. 당신이 편해야 상대방도 당신과 편하게 이야기할 수 있지 않은가. 당신 주변에 있는 좋은 친구들을 떠올려보라. 당신이 그 친구들과 가까워질 때 어떻게 했던가를. 어려울 것 없다. 여자 사람도 남자 사람처럼 한국말 쓴다.

'밥 때'에 왜 목숨 거는 건데요?

와, 우리 엄마가 보낸 메시지인 줄 알았다. 어쩜 그리 어머니같이 밥 때를 잘 챙겨주시는지…. 알람 맞춰놓고 예약 메시지를

보내도 이보다 정확할 수는 없다. 그런데 문제가 있다. 밥 먹으라
곤 그렇게 잘 챙겨주면서 정작 다른 연락은 없다는 점이다. 메시지
전체를 훑어 올라가도 '점심 맛있게 드세요!' '저녁은 뭘 드세요?'
'아침은 챙겨드셨는지?' 외에 다른 내용이 없다. 정말 다정도 병
인 양하다. 그것도 중병!

지금 당신에게 필요한 건 식사 안내 고지가 아니다. 그녀와
함께 밥 먹을 약속을 잡는 거다. 차라리 무뚝뚝한 남자가 다정한
알람보다 낫다. "초밥이 좋아요, 파스타가 좋아요?" 일단 던져라.
뭐라도 해라. 당신이 오매불망 밥 먹으라 고지하던 그녀가 결국 딴
남자랑 밥 차려먹는 꼴 구경하고 싶지 않으면 말이다.

결국엔 마음, 진심이라고요

그녀들이 원하는 건 아주 작고 소박하다. 진심으로 나를 좋
아하는 사람, 그거 하나다. 물론 스펙이나 외모가 좋으면 금상첨화
겠지만 정말 누군가를 내 사람으로 두려는 여자들은 결국 마음을
본다. 한밤중에 "프로필 사진 너야? ㅎ" 하는 메시지로 찔러보는 가
벼운 남자를 만나고 싶은 여자는 세상에 없다. 자기는 거절당하거
나 상처받기 싫어 가만있으면서 상대가 다가오기만을 기다리는
비겁한 남자에게 자신을 맡길 여자는 더더욱 없다. 서툰 말이라도
마음을 담아서 더듬더듬 건네는 당신의 용기에 그녀들은 더 설레

고 감동한다는 것을 기억하라.

진짜 까놓고 말해서 여자들이 얼마나 착한데, 그리고 그들도 얼마나 외로운데! 왜 연애고자남들은 멀리서 소심하게 지켜만 보고 있을까. 이제는 그녀에게 다가가라. 당신은 충분히 괜찮은 사람이니까, 용기를 내라. 그녀를 향한 따뜻한 진심에 센스 1그램만 얹어서 빛나는 봄날을 누려보라.

어장관리,
어떻게
하는 거냐?

어항 속에 갇힌 고기들보다
어쩌면 내가 좀 더 멍청할지 몰라
너가 먹이처럼 던진 문자 몇 통과
너의 부재 중 전화는 날 헷갈리게 하지
_빈지노, 〈Aqua man〉 중에서

　　어장관리녀에 관한 이야기는 이제 노래까지 나올
정도로 너무나 흔해져서 새로울 것도 없다. 마음을 주는 듯, 아닌
듯 헷갈리게 하면서 남자들을 자신의 어장에 가둬두는 마성의 여
자랄까. 내 경우는 사귈 마음 없는 남자하고는 개인적인 연락은 물
론이고 잘 만나지도 않는지라, 남친도 없고 친구들도 바쁜 어느 외

로운 날에는 불러낼 사람이 많은 그녀들이 부럽기도 했다. '어장관리 어떻게 하는 건데?' 하며 욱하는 마음도 들었다. '나도 나 만나러 나오는 남자들 그득그득 많으면 좋겠다.' 바람이 유독 쌀쌀한 저녁, 이런 생각 혹시 나만 해봤나? 그래서 주변의 사례들을 샅샅이 살펴보았는데, 어장관리녀들은 이런 특징들이 있더라.

예뻐

완전 초미인인 경우는 특별한 노력 없이도 셀카 한 장만으로 모든 어장 활동이 가능하다. 관리 없는 천연 어장이랄까. 줄줄이 밥 사주고 술 사주게 해달라는 자발적 호구들이 언제나 대기 중이기 때문이다. 이런 당연한 이야기는 억울하게 또 할 필요는 없고, 우리는 생각보다 안 예쁜데 어장관리에 도가 튼 이들도 있다는 것에 주목할 필요가 있다. 분명 어떤 때는 '쟤보단 내가 낫지 않나?' 하고 생각하게 되는 경우가 있지 않은가? 그렇다. 우리보다 못한 애들이 남자들을 후리고 다니는 사례가 생각보다 무척 많다. 그런 일들이 생기는 이유는 남자들이 보는 '예쁨'과 우리가 보는 '예쁨'이 다르기 때문이다.

어쨌든 남자란 동물은 철저히 시각에 약한 동물인지라 예쁘지 않으면 수컷으로 움직이지 않는다. 단, 그들의 예쁨에 관한 스펙트럼은 우리가 감지하지 못하는 넓이와 방향이라는 것만 명

어장관리 너들은 예쁘다.
진짜 예쁘든,
남자들 눈에만 예쁘든.

심하자. 조금 촌스러운 듯한 스타일링, 과하다 못해 헤픈 눈웃음, 한물 두물 세물 지난 어리바리함과 오글거리는 4차원 흉내……. 우리가 치를 떨며 거부하는 그 흔하고 오래된 수법을 예쁨으로 받아들이는 남자들이 예상 외로 지나치게 많은 것이 현실이다. 아무튼, 어장관리녀들은 예쁘다. 진짜 예쁘든, 남자들 눈에만 예쁘든.

겁나 부지런하다

우리는 스무 살 시절 이미 많이 겪어봤다. 그냥 선배니까 웃어준 건데, 우리가 자기 좋아하는 줄 알고 새벽에 전화해 "오빠는 말야." 하며 시작하던 개수작들을. 그들에게 시달려본 우리는 이미 충분히 단련되었다. 촌놈에게는 손도 흔들어주지 않는 강인한 여성으로 거듭난 것이다.

그러나 어장관리녀들은 다르다. 촌놈을 몰라서 피하지 못하는 것이 아니라, 아예 촌놈을 노리기까지 한다. 그녀들은 모든 개수작에도 상냥할 수 있는 비위를 타고났으며, 사귈 생각이 조금도 없는 남자들에게조차 세심하게 관심을 쏟으며 먼저 연락을 해주곤 한다. 즉, 우리가 누군가에게 반해 그를 꼬시고자 최선을 다하는 만큼의 노력을 그 많은 남자에게 골고루 쏟아주는 것이다.

그녀들은 정말로 모든 남자에게 관심이 있다. 우리가 그녀들을 흉내 내려면 엄청난 피로와 스트레스를 받지만 그녀들은 조금도 힘들어하지 않는다. 그것이 그녀들의 본성이니까. 덧붙이건대, 이런 특징을 가진 그녀들은 어장관리녀임과 동시에 모든 무리에서 혼자 관심을 독차지해야만 하는 '여왕벌' 기질일 가능성이 높다. 만약 본인의 썸남이나 남친이 그 무리에 속해 있다면 최대한 그녀가 눈치 채지 못하게 거기에서 빼오도록 하자. 그녀들이 자주 쓰는 수법은 "여자친구 생기더니, 나한테 너무 무심해졌어" "우리는 그냥 정말 좋은 친구인데!" "우리 얼굴 본 지 너무 오래됐는데" 등등이 있다.

미리 남친이나 썸남에게 고지하고 그가 그녀의 '사랑보다는 멀고 우정보다는 가까운 놀음'에 빠져들지 못하게 점검할 필요가 있다. 그녀들은 때로는 털털하게, 때로는 상처 입은 작은 짐승처럼 그에게 당신을 '친구 사이도 이해 못하는, 집착 쩌는 억센 여자'로 느끼게끔 만드는 뭣 같은 능력도 갖추었으니 특별한 주의를 요한다.

행복하지 않다

내가 직접 그녀들 마음속에 들어갔던 적이 없으니, 그녀들이 정말 행복한지 불행한지는 정확하게 알 수 없다. 하지만 말짱한 일반인 여성의 시선으로 보기에 그들은 행복해 보이지 않는다. 그 '행복'이라는 것이 우리가 생각하듯 정말로 사랑하는 사람과 진지

하게 감정을 교류하며 느끼는 벅찬 감동이라고 정의한다면 말이
다. 그녀들이 받아야 하는 관심과 사랑의 크기는 절대로 한 사람에
게서 충족될 수 없다. 누군가와 연애한다 해도, 그녀들은 끊임없이
다른 남자들에게서 관심을 받아야 하고, 만남을 지속해야 한다. 그
꼴을 맘 편히 지켜볼 상대가 과연 존재할까? 결국 그녀들은 자신
이 사랑하는 사람에게 상처를 주거나, 아니면 그를 속이는 방법을
선택해야 한다. 나는 그 관계가 정상적이고 행복한 관계라고는 절
대로 생각지 않는다. 그래서 내가 생각하는 연애의 행복감을 그녀
들은 결코 가질 수 없다고 결론을 내렸다.

길게 얘기했지만, 이것이 여러 남자를 거느리지 못한 단순
한 내 열폭일 수도 있음을 고백한다. 가끔 늦은 밤 그녀를 데리러
오는 남자들이 늘 바뀐다거나, 페이스북에 남자들의 댓글이 가득
한 것에 조금 혹한 적은 사실이었으니까. 그녀의 어장남들이 쏟는
정성만큼 그녀도 역시 그들에게 감정이건, 시간이건 무언가를 베
풀어준 결과라는 걸 알기에 결국엔 고개를 젓게 되지만. 아무튼 난
안 될 것 같다. 다음 생에도 안 하련다. 생각만 해도 기 빨린다.

픽업아티스트

구별법

내가 마음에 들어 번호를 묻는 사내를 마다할 이유
는 없지만, 픽업아티스트라 불리는 이들은 좀 다르다. 그들은 그저
유혹하여 스킨십을 하는 것 자체가 목적이며, 이상한 용어로 여성
을 실험하듯 대하고, 때로는 상대 여성의 사진과 신상 정보를 인터
넷에 올려 놀잇감으로 삼는다. 이쯤 되면 가히 나라에서 다뤄야 마
땅한 중범죄이건만 이 나라에선 공권력이 너무 많이 바빠서 자
기 목숨은 자기가 지켜야 한다. 그러니 민간 차원에서라도 사랑하
는 여러분에게 이 망할 놈들을 가려내는 방법을 이야기하고 싶다.

거창한 자기소개

그들의 몇 가지 지겨운 레파토리로는, 휴대전화를 빌려 쓰는 척하며 번호를 알아가는 것과 차를 타고 근처를 배회하면서 길을 묻다가 뜬금없이 작업을 거는 방법이 있다. 타인을 도와주는 여성의 착한 마음을 이용하는 악질적인 수법이다. 도와줘서 고맙다며 데려다준다고 차에 태우려는 이들도 있는데 차라리 망태 할아버지나 빨간 마스크를 믿고 따라가라. 그리고 그들은 꼭 자기가 원래 이러는 사람이 아니라며 썰을 풀어놓는다. 그러나 백이면 백, 그들은 원래 그러는 놈 맞다. 그러곤 묻지도 않은 자신의 회사와 직급, 혹은 학교 이야기를 한다. 자신이 CEO라거나 카페를 운영한다고 떠벌이는 사람도 있다. 그러나 이 말의 대부분은 '개뻥'일 확률이 99퍼센트이다. 학생증을 보여주거나 명함을 줘도 곧이곧대로 믿지 말 것. 설령 그게 진짜일지라도 길거리에서 그러고 있는 이의 멘탈은 뭐, 알만 하지 않은가?

뜬금없는 잔재주와 이빨

어디서 단체로 그런 것을 배우고 가르치는지, 그들은 부끄러운 줄도 모르고 쌍팔년도 작업 멘트를 한다. 남자친구 있다는데도, 자기도 남자친구는 많다며 능글거린다. 심지어 커피숍에서 뜬금없이 내가 앉은 테이블로 와서는 싸구려 마술쇼를 펼쳤던 병맛

남도 있었다. 멀쩡한 남자라면 자신이 호감가는 이성에게 남자친구가 있다는데도 능글맞게 계속 집적거릴 리가 없다. 또 이들은 우리가 전혀 꾸미지 않은 추레한 차림일 때도 다가온다. 그건 자연스러운 매력을 느껴서가 아니라, 자신에게 잘 넘어올 것 같기 때문이다.(팍씨!) 그러니 자신의 모든 면을 좋게 봐주는 남자라며 미리부터 감격하지 말고 제대로 가려 판단해야 한다.

어쩌면 그들도 불쌍하다. 세기말 스타일의 옷들을 입고 글로 배운 작업 수법을 실습하러 나오는 꼴이라니. 정상적인 인간관계가 얼마나 어려우면 그럴까 싶다. 하지만 그렇다고 우리가 그들에게 휘말릴 이유 따위는 없다. 아무리 우리가 밤마다 외로움에 방바닥을 긁고, 남자 사람이라고는 씨가 마른 극한 상황에 처해 있더라도 아닌 건 아닌 거다. 입 아프게 말하지만 연애에서 가장 중요한 것은 당신과 상대의 '진심'이다. 유려한 말로 당신을 들었다 놨다 한다 해도 그들에겐 1그램의 진심도 없다. 그런 사람을 만나기엔 당신이 너무나 아깝다. 사자는 썩은 고기를 먹지 않는다. 우리도 정말 우리를 제대로 봐주는 좋은 사람만 만나자. 당신은 당신 생각보다 더 잘났고 예쁘다. 정말로!

......

더치페이,
문제는
돈이 아니다

.

언젠가 인터넷 상에서 더치페이에 대한 갑론을박이
꽤 거셌다. 물론 대다수의 댓글은 한국 여자 욕으로 가득했는데,
요지는 거의 이 한 문장으로 요약된다.

"너네보다 더 예쁜 외국 여자들도 너네보다 돈 더 쓴다."

거기에 남자들에게 인기와 관심 좀 끌어보려고 '나는 달라'
식의 개념녀 코스프레 관심종자 여성들의 댓글이 나타나기도 했
다. 이미 익숙한 양상이겠지만 일부러 다시 찾아보지는 마라. 성질
나서 암 걸린다.

물론 나도 데이트 비용을 남자가 모두 부담해야 한다는 생각을 갖고 있지는 않다. 나도 내가 사랑하는 사람 맛있는 거 사줄 때 뿌듯하고, 좋은 선물을 해줄 때 행복하니까. 사랑하는 사람에게 갖는 마음은 여자, 남자를 떠나서 누구나 마찬가지다. 그런데 왜 여자들은 더치페이하자는 남자를 싫어하냐고?

그 이유는 엄청나게 단순하다. '나한테 돈 쓰기 아까워하는 남자'를 만나고 싶지 않으니까. 나를 사랑한다면서, 나와 함께 있는 시간에 돈과 본전을 생각하고 비용을 계산하는 사람. 그런 사람의 사랑을 믿을 수가 없기 때문이다. 그러니까 여자들은, 자신이 돈을 내는 게 싫다기보다는, 데이트에서 그 남자가 비용을 나눠 계산할 만큼 내게 덜 미쳐 있는 게 싫은 것이다. 사실 이런 이야기는 남자들 본인들의 입에서 가장 많이 확인받았다. 아무리 짠돌이처럼 돈 아끼는 남자라도 같은 증언을 했다. 정말 좋아하는 여자한테는 그 돈이 하나도 아깝지 않고, 남녀 사이에 작용하는 본능적인 무언가가 분명히 있으며, 내 여자에게는 내가 이만큼 해줄 수 있다는 허세를 부리고 싶어진다는 얘기 말이다.

사실 본능적인 것이라는 말이 이해되기도 한다. 원시시대에도 맘모스 고기 잡아와 마음을 표현했다는데…. 그리고 여자 입장에서도 나를 위해 남자로서의 액션과 노력을 보여주는 사람이 더 매력적으로 느껴지는 것은 당연한 일이다. 그러니까 굳이 누군가를 만나 데이트하며 쓰는 돈 아까워하지 말고, 정말 모든 걸 줘도 아깝지 않은 진짜 자기 사람을 만났으면 좋겠다. 그게 서로에게 좋은 일이 아닐까? 서로에게 개이득! (학생이거나 경제적 사정이 여의치 않은 경우에는 여자친구 좋은 데 데려가 맛있는 것 먹이고 싶어도 형편상 그럴 수 없으니, 더치페이 하자는 제안이 그다지 문제될 게 없다는 것은 인정! 그런 커플은 알뜰하게 데이트 통장 같은 것도 만들고 알콩달콩 서로에게 더 잘하더라.)

물론 돈이나 물질의 크기로 사람의 마음이나 사랑을 재단할 수 있는 것은 아니다. 그러면 만수르는 사랑 킹이게? 명품백 사줘도 바람피울 놈은 피우고, 밥 먹을 때마다 촛불 켜고 칼질해도 마음 변할 놈은 다 변한다. 지불하는 돈의 액수가 문제가 아니다. 다만 내가 사랑하는 사람을 위해 노력하고 있다는 작은 액션, 그것이 포인트다.

사실 연인 사이에서, 서로의 주머니 사정을 모르는 바도 아니고 상황에 따라 여자가 더 많이 살 수도 있고, 나누어 낼 수 있는 것은 당연한 것 아닌가? 여자들이 그걸 싫다고 하는 게 절대로 아니라는 것을 다시 한 번 강조한다. 사랑하면, '내 돈이 네 돈, 네 돈이 내 돈' 되는 연인들의 경제관념이 생겨나지 않던가? 남자친구가 괜히 비싼 물건 사오면 속상하고 안쓰러워서 고맙다는 말 대신 엄마처럼 그를 혼냈던 경험, 여자들은 한 번쯤 다 있을 것이다. 여자들이 그렇게 속물은 아니라는 말이다. 더치페이는 연인 사이에 택할 수 있는 효율적인 데이트 방법이자 수단이 될 수 있다. 다만 그것이 '계산'보다는 서로에 대한 '배려'로 시작된다면 더 바랄 나위가 없겠다.

덧붙여, 이 '더치페이 논쟁'에서 가장 꼴보기 싫은 것은, 여자들 어떻다고 욕하는 몇몇 남자들보다 '나 빼고 다 나쁜 ×' 기술을 구사하는 관심종자 여성들이다. 자기는 남친이 돈 쓰는 게 너무 아까워서 밥도 늘 학생식당이나 김밥헤븐에서 먹자고 한다며, 자기는 그래도 너무 행복한데, 같은 여자지만 다른 여자들은 정말 너무 속물이라 창피하다는 내용을 주절주절 띠벌이는 여자들이 한

남녀평등사회~

둘이 아니다. 어디서 다들 단체교육 받고 댓글 다는지 똑같은 글들
이 줄줄 나온다. 결국 '나는 다른 여자들과 달리 겁나 개념녀니까
나를 찬양하라'는 것이 그녀들의 간절한 메시지다.

그녀들에게 특별히 욕을 하고 싶거나 너네보다 내가 내 남
친 사정 더 잘 안다는 변명 따위를 하고 싶지는 않다. 그래, 그녀들
은 자신이 원하는 대로 평생 김밥헤븐과 학생식당에서 세상에서
제일 맛있는 참치김밥 한 줄만 시켜먹으며 살기를 기도한다.
영.원.히. 사랑하는 사람과 근사한 분위기의 데이트를 꿈꾸는 것
자체가 그녀들에게는 된장으로 보인다니, 어쩔 수 없지.

결론 요약

❶ 남자든 여자든, 서로에게 쓰는 비용(돈, 시간 모두)이 전혀 아깝지 않은
진짜 자기 사람을 만나라.

❷ 더치페이는 데이트 비용에 관한 좋은 수단이자 방법이다. 그러나
'계산'보다는 '배려'로 시작하자.

❸ 한국 여자 욕하지 마요. 어차피 외국 여자들하고 말도 잘 안 통하면서.

동족혐오의

법칙

『나니아 연대기』를 쓴 작가 C.S. 루이스는 그의 또 다른 책에서 이런 이야기를 했다. "만약 내가 어떤 사람의 어떤 점이 유독 너무나도 싫고 참을 수 없다면, 그것은 그 사람에게서 내가 가진 나의 가장 싫은 점과 약점들을 보기 때문이다." 나는 이 대목을 읽고 한동안 그 책의 책장을 넘기지도 못했다. 정말 그랬다. 나는 그때 나랑 같은 기숙사에 살던 어떤 여자애를 참 싫어했는데, 그 애는 너무 자기중심적이었고 이기적이었고 예의가 없었다. 그랬다. oh, oh, 내가 바로 그런 사람이었다. 사실 나도 그걸 잘 알았다. 그랬기 때문에 그 애의 잘못이 실제보다 더 몇 배로 뻥튀기되어 그 애가 유독 참을 수 없이 밉고 싫었다. 그 애한테서 바로 내 싫은 점들과 잘못들을 잔뜩 보았기 때문이다. 매일 셀카 사진 보다가 남이 찍어준 못생긴 표정의 내 사진을 보면 막 찢어버리고 불태워버리고 싶은 그런 기분 있지 않은가. 내가 애써 덮어둔 포장들이 다 뜯겨 발가벗겨질 것만 같은 불안함과 불쾌함!

　　나는 이걸 동족혐오라고 부르기로 했는데, 어느 날 친구들과 이상형의 남자에 관해 이야기하다 보니 이런 증상이 이성에게 매력을 느끼는 지점에서도 어김없이 발휘된다는 것을 발견했다. 이상형의 성격을 이야기할 때, 보통 자신과 가치관이 맞고, 취향이 비슷하고, 뭐 그런 걸 이야기하지 않는가? 하지만 곰곰 생각해보면 실제로는 자신과 너무 비슷한 사람은 만나고 싶어하지 않음을 알 수 있었다.

　　한 친구의 예를 들면, 그 친구는 옷을 참 세련되고 트렌디하게 잘 입는다. 이른바 요즘 핫하다는 '패피(패션 피플)'다. 그녀는 연남동과 경리단길, 가로수길 등지를 사랑하고 생소한 브랜드 이름과 디자이너에 관해서도 잘 아는, 특이하고 부내나는 코트와 가죽 클러치 가방을 잘 소화해내는 여자였다. 그런데 그 친구는 자기만큼 옷을 세련되게 잘 차려입은 남자를 극도로 싫어했다. 누가 봐도 모델처럼 깔끔하고 맨질맨질하게 잘 차려입은 남자 패피들이 그녀에게는 단 1그램도 매력적으로 보이지 않는다는 것이다. 우리에게는 엄청난 호감을 주는, 멋들어진 남자들의 차림새를 볼 때마다 그녀는 그들에게서 자신의 패션에 관한 히스테릭한 모습을 본다고 했다. 계절이 시작되기도 전부터 외국 브랜드의 패션 룩북을 뒤져보고, 패션쇼 영상을 찾아보며, 조금은 유난스럽게 편집숍을 뒤지고 통장을 거덜내며 해외직구를 반복하는 처절한 모습이 그녀의 눈에는 보인다는 것이다. 물 위에서는 우아한 백조도 사실 물속에서는 발을 엄청 촐싹맞게 퍼덕인다는 진실을 만약 나 혼자 알고 있는 거라면, 아마도 딱 그녀의 심정이지 않을까 생각해본다.

그런가 하면 또 다른 친구는 너무 지적인 남자가 싫다고 했다. 나는 이것이 참으로 의아했는데, 왜냐하면 무척이나 지적이었던 그녀는 보내오는 메시지마다 맞춤법이 너무 엉망이라는 이유로 나름 뜨거웠던 썸남을 매몰차게 차버린 전적이 있었기 때문이다. 그때의 일에 대해 물으니 조금 멋쩍어하던 그녀는 차라리 너무 지적인 남자보다는 매번 맞춤법 틀린 메시지를 보내던 그 남자가 낫다는 충격적인 이야기를 해주었다. 그 이유인즉슨, 철학을 전공했던 그녀가 얼마 전 만났던 같은 전공의 연상남 때문이었다. 처음에는 대화도 잘 통하고, 가치관도 잘 맞아서 정말 천생연분을 만난 기분이었단다. 그런데 만날 때마다 기나긴 대화들을 이어가다 보니, 공부도 더했고 연륜도 깊은 그가 자신보다 더 아는 것이 많았는데, 문제는 그도 그 점을 잘 알았다는 것이다. 그는 대화할 때마다 스승의 자세로 그녀를 가르치고 계몽하려 들었단다. 그리고 그녀는 약간의 짜증과 더불어 그에게 열등감도 느꼈다고 했다. 자기가 자신 있던 분야에서 뒤로 밀린 듯한, 알 수 없는 감정이 밀려왔다고 했다. 그는 그녀에게 동족이었다. 그녀는 그의 모습에서 그동안의 연애 속 자기 모습을 만난 거였다. 늘 상대방보다 지적 수준이 높았고, 그래서 상대보다 우월감을 가지고 이야기하던 것이 당연했던 그녀는 그동안 느껴보지 못했던 그 열등감이 생각보다 꽤나 불쾌하고 불편해서, 자신의 지난 연애들을 깊이 반성하게 됐다고 덧붙였다. 그러니 자신도 그런 사람을 만나고 싶지 않다는 얘기였다.

그녀들의 이야기는 정말로 공감이 많이 되고, 또 굉장히 타당해서 나는 그녀들의 이상형 대화에 그저 고개를 끄덕일 수밖에 없다. 이런 감정들은 인간인 이상 피해갈 수 없는 것일까? 동족끼리 치고받고 싸우겠다는 것도 아니고, 사랑하겠다는데도 왜 이런 문제들이 생기는지 정말 모르겠다. 다르면 다른 대로, 비슷하면 비슷한 대로 우리는 서로를 밀어내고 거부하기 바쁘다. 내가 그녀들에게 해줄 수 있었던 이야기는 고작 "다 알겠는데, 적당히 해라." 는 걱정 어린 핀잔뿐이었다.

그래도 이런 전쟁 같고 복잡미묘한 감정의 부딪힘 속에서도, 우리는 또 누군가와 사랑에 빠질 것이다. 언젠가 운명처럼 찾아올 그 순간을 위해, 우리가 할 수 있는 일은 내가 더 좋은 사람이 되도록 노력하는 수밖에 없다. 그럼 동족도 좋은 사람일 것이고, 전혀 다른 종족이라도 그 사람을 위해 좋은 사랑을 줄 수 있을 테니까. 아, 아름다운 결론 내렸어. 뿌듯해.

연애와
다이어트의
공통점

출근 준비를 하며 아일랜드 소녀풍의 니트를 꺼내
입었다. 그리고 바라본 거울 속엔 털옷 입은 임꺽정이 서 있었다.
'아, 진짜 빼지 않으면 안 될 때가 왔구나!' 그렇게 오늘부터 필살
다이어트라며 굳게 결심하고 나왔지만, 퇴근길 내 손에는 어김없
이 맥주와 과자가 들려 있다. '내일부터 하면 되지' 하는 누가 묻지
도 않은 질문에 대답을 하면서. 기왕 망한 김에 쓸데없는 생각도
하나 더 해봤다. 다이어트와 연애의 공통점, 나를 평생 옭아매는
이 두 가지 사이에는 이런 닮은 점들이 있었다.

영국에서 계속 연구를 한다

다양하고 쓸데없는 연구를 해내기로 둘째가라면 서러운 영국, 그 나라 연구자들에게 다이어트와 연애는 더없이 좋은 먹잇감이다. 정말 다양한 변수에 따라 다이어트와 연애는 그 성패가 갈리기 때문이다. 그런데 그 연구들을 보다 보면, 결론이 하나같이 진지하고 어이없어서 실소가 터진다. 결국 모든 연구의 결론은 살찐 사람은 숨만 쉬어도 살이 찌며, 매력적인 이성이라면 똥방귀를 뀌어도 인기가 터진다는 거다. 어쨌거나 그냥 다 유전자 탓이라던데? 그랬구나. 안 빠지는구나. 안 생기는구나. 될 놈만 되는 거구나. 다음 생을 기다려야겠구나. 잘 알았으니까 연구 그만해라, 영국 놈들아.

미친 감정 기복

운동을 하며 개운한 기분에 역시 내 몸을 사랑하길 잘했다며 행복에 젖어 있다가도 운동을 끝내고 집에 가는 길에 떡볶이 가게를 보고는 다시 극심하게 우울해진다. 다이어트 이까짓 게 뭐라고, 저렇게 맛있는 떡볶이도 못 먹어야 하는지 억울하고 분해서 눈물이 날 지경이다. 연애는 또 어떤가? 사랑하는 그와 함께 눈을 맞추며 깊은 황홀경에 빠져 있다가도, 그가 연락을 조금이라도 늦게 하거나 이전처럼 적극적으로 애정 표현을 하지 않으면 우리의 기분은 땅끝까지 꺼져간다. 다이어트도 연애도 이전의 내가 아닌 새로운 내가 되는 과정이기에 스스로 능숙하게 감정을 조절하지 못하는 것은 어찌 보면 당연하다. 혹 당신이 하루에도 몇 번씩 기분이 미친X 널뛰듯 바뀌는 그들의 주변인이라면 그들을 불쌍히 여겨주자. 다이어터도 사랑에 빠진 이도 모두 다 약자니까.

미워도 다시 한 번만…

이번엔 정말 완전히 성공할 것 같던 다이어트도 주말의 폭식과 함께 실패를 맞고, 이번엔 정말 영원할 것 같았던 사랑도 기어이 끝을 보고야 말았다. 마음의 긴장을 잃은 순간, 요요는 찾아오고 무정한 이별은 반복된다. 그리고 그 처절한 끝을 알면서도 우리는 다시 또 월요일부터 다이어트를 시작하고 새롭게 찾아올 사랑을 꿈꾼다. 미워도 다시 한 번, 연애와 다이어트는 절대 영원히 놓아버리고 포기할 수 없다는 점 역시 많이 닮아 있다.

드라마 〈연애시대〉에서 동진은 연애란 어른들의 장래희망 같다고 했다. 어른들에게 내일을 기다리게 하고, 미래를 꿈꾸며 가슴 설레게 하기 때문이라고. 같은 맥락에서 다이어트 역시 이렇다 싶은 새로운 목표나 희망 없이 그저 하루를 살아내는 어른들에게 신선한 자극과 목표가 되어준다. 한 번에 모두 성공하면 좋겠지만,

그게 아니더라도 다시 한 발짝 나아가는 것만으로도 충분히 멋지다는 점도 그 둘은 닮았다. 다이어트와 th ㅏ 랑, th ㅏ 랑과 다이어트 이번엔 모두 쟁취하길 빈다.

여행지에서
연애하기

여행을 생각하면 언제나 가슴이 뛴다. 비록 통장이 텅장이 되고, 무이자할부 때문에 몇 달간 또 편의점 점심으로 연명해야 한다 해도, 여행은 도박처럼 끊을 수 없는 중독성이 있다. 현지의 먹거리를 다 털고오는 먹방 여행도, 명승지 관광이나 무작정 힐링도 모두 좋지만 우리의 가슴을 가장 설레게 하는 것은 역시 여행지에서 일어날지도 모르는 썸띵이다. 1995년작 〈비포선라이즈〉가 2013년 〈비포미드나잇〉이 되기까지 역마상열지사를 전해올 동안 우리는 무엇을 하고 있었나. 우리도 떠나보자, 핑크빛 여행을.

"혼자 가라, 하와이(?)"

여행지에서 뭔가 일을 저지르고 싶다면 일단은 떠나라, '혼자서.' 왜 혼자여야 하냐고? 기왕 여행지에서 마음을 열어보겠다고 결심했으면 제대로 해야 하지 않겠나. '혼자'이기에 볼 수 있는 풍경이 있고, '혼자'이기에 만날 수 있는 인연이 있다. 그동안 친구와 함께 빡빡한 일정을 소화하느라 무심코 지나쳤던 사람들 가운데 당신의 인연이 있을지도 모를 일. 또 다른 여행자와 눈인사를 해보고, 주변 사람들에게 먼저 말을 걸어보면서 당신의 오지랖을 확장해보라. 꼭 누군가를 만나기 위해서가 아니라, 당신의 여행이 훨씬 풍요로워지는 것을 느낄 수 있을 것이다. 누구든 집을 떠나온 여행지에서는 마음을 열고 싶어하니까.

아, 그리고 중요한 것이 또 하나 있다. 앞에서도 강조했지만 혼자 간다고 동네 슈퍼 가듯 추레하게 대충 차려입고 가면 안 된다. 자신을 좀 꾸미자. 세상에서 제일 어렵다는 '꾸미지 않은 듯 자연스럽지만 예쁜' 차림이 가장 좋겠지만, 그게 안 된다면 조금 빡세 보여도 일단 좀 꾸미자. 물론 본인이 자신은 안 꾸며도 되게 예쁘고 남자들이 막 기절하고 난리난다 확신하면 그냥 가도 된다. 젠장. 좋겠네여?!

여행지 썸 핫플레이스

사실 어디를 가느냐는 큰 상관이 없다. '비포' 시리즈의 제시와 셀린느가 부다페스트가 아닌 부산에서 만났다 한들 눈이 안 맞았겠는가. 하지만 가본 곳, 엿들은 곳들 중 몇 군데 핫플레이스가 있기는 하다. 일단 젊은 연령대의 사람들이 모이는 게스트하우스가 천지인 제주가 1순위다. 그중에서도 너무 예쁘고 아기자기한 곳은 눈물을 머금고 패스. 왜냐하면 그곳은 대부분 여탕이니까. 검색해보았을 때, '아, 별로 가보고 싶지는 않은데 자잘한 여행 정보는 많네' 하는 곳이나, '안 깨끗해 보이는데 공항이랑 가깝네' 하는 곳, 혹은 '싸네' 하는 숙소로 가라. 경험상 (순수한 여행객) 남자들은 그런 곳에 옹기종기 모여 있더라. 특히 등산로 주변 게스트하우스나 산장에는 남성 비율이 훨씬 높다. 하지만 이 주변은 중년층만 모이는 곳도 있으니 잘 알아봐야 함!

만 25세 이하라면 여름, 겨울방학 시즌에 기차 여행인 '내일로' 여행을 떠나보는 것도 좋다. 딱 보면 배낭 메고 혼자 두리번대는 '내일러'가 금방 눈에 뜨인다. 그러니 편히 말 걸기도 더 좋고, 운이 좋아 일정이 맞는다면 여행을 함께할 친구가 될 수도 있다. 게다가 진짜 기차 안이니, '비포' 시리즈 영화를 보았느냐고 하면서 대화를 이어가면 낭만 터지지 않겠나. 좋겠다. 부럽다. 나도 25살보다 어렸으면 좋겠다.

파티는 꼭 참석하라

혼자 온 여행자들이 늘어나고, 젊은 청춘남녀들이 많이 모이는 여행지에서는 매일 밤 파티를 열어주는 숙소들이 있다. 예약 전에 확인이 가능하니 그런 숙소 한 군데 정도는 체크해둘 것. 매일매일은 아니더라도 여행 중 하루 정도는 파티에 참석해 여러 사람을 만나보라 추천하고 싶다. 여기까지 왔는데 그런 기회를 놓칠 수 없다.

그런데 이런 곳에서는 파티와 썸이 흔하다 보니 여행이 주 목적이 아니라, 그저 여자 하나 꼬셔볼까 노리고 오는 승냥이들도 많이 늘어났다. (물론 우리도 남자는 꼬시고 싶지만, 막 갖고 놀고 그런 거는 원하지 않잖아여?!) 그러니 꾼이 아니라, 일반인 여행객 남자와 우연하게 운명처럼 만나 꽁냥꽁냥하고 싶다면, 대놓고 커플 매칭 하는 분위기의 파티는 비추다. 조금 투박해 보이더라도 진짜 여행을 좋아하고, 진짜 대화를 할 수 있는 사람들이 모이는 곳으로 잘 골라보라. 또 오픈한 지 얼마 안 된 곳은 주인이 낯가리면서 그런 자리를 잘 마련하지 못하는 곳도 있으니 여행 블로그와 카페 후기들을 꼭 참고해보고 예약하면 좋겠다. 결국은 검색하란 얘기다. 검색하고 스캔하고, 물 좋은 곳 찾는 게 쉬운 일은 아니다. 그래도 부지런 킹인 착한 사람들이 후기 많이 올려놨으니까 가열차게 이용해먹자.

내꺼인 듯, 내꺼 아닌, 내꺼 같은 썸남을 훌쩍 떠나온 여행지에서 만날 수 있다면 여행지의 바가지요금이나 꼬여버린 일정, 심지어 여행 중 걸려오는 회사전화에도 빡치지 않을 수 있을 것만 같다. 떠나자. 설령 우리가 그곳에서도 '안 생겨요!'를 외치게 될지언정 혼자서 훌쩍 떠난 시간은 분명히 우리의 마음을 새롭게 해줄 것이다.

······

짝사랑

스무 살 시절 나는 순 멍청이 같은 짝사랑을 했었
다. 직접 들은 것도 아니고, 고작 컴퓨터 메신저로 들었던 능글맞
던 복학생 오빠의 '귀엽다'라는 말 한마디에 그날 밤을 꼬박 새며
그와 만나는 상상을 했다. 그가 내게 하는 말 한마디라도 놓칠세라
기억해뒀다가 친구들에게 "이건 무슨 뜻일까?" 연거푸 물어보며
고민했더랬다. 그게 무슨 뜻인지, 사실 나는 듣고 싶은 대답이 딱
하나였는데, 애먼 친구들만 괴롭혀댔다.

어느 때고 그 사람이 나오라면 나가고, 늦은 밤 그가 술에

잔뜩 취해 걸어온 전화에도 설레는 마음으로 목소리를 가다듬었다. 지금 같으면 '시방, 너 지금 뭣하냐?'라며 욕을 한 사발 부어주었겠지만, 짝사랑을 하던 스무 살은 참 마음도 너그럽고 착했다.

"넌 나한테 여동생같이 귀여운 동생이야." 그 말 같지도 않은 거절의 말을 듣고도 나는 참 착했다. 그날 같이 술 마셔주고 욕해주던 친구에게, 잔뜩 취해 내가 마지막으로 했던 말은 "그 오빠 자취하는데 라면만 먹는 게 너무 마음 아프다"는 말이었다.

그 스무 살 시절 이후 10년을 더 살아낸 나는, 이제 그때처럼 착하고 예쁜 사랑은 할 수 없을 것 같다. 애초에 나를 좋다 하지 않는 사람과는 귀찮고 힘들어 시작할 생각도 못하겠다. 사랑하는 이가 나를 떠나도, 난 이제 그를 걱정하기보다는 내가 그보다 먼저 다른 사람 만나 보란듯이 복수하겠다는 다짐을 하게 된다. 아마 어릴 때처럼 코 흘리고 감기 걸려도 상관없을 만큼 밖에서 신나게 뛰어놀 수 있는 체력이 이제는 없어진 것과 같은 이치가 아닐까 싶다.

그래도 가끔은 스무 살 그때처럼 다시 짝사랑을 해보고 싶다. 그 사람 표정 하나, 작은 반응 하나에도 설렜다가 슬펐다가를 반복하고 하루에도 열두 번씩 하늘로 마음이 치솟았다가 다시 땅바닥 아래로 꺼지고, 그 사람과 마주칠까봐 옷을 백 번은 더 갈아입고 그 사람이 지나가는 길 쪽에서 서성이던 그 시절, 그때가 너무나 그립고, 또 부럽다. 누군가를 내가 더 사랑한다는 것에 두려움도 부끄러움도 없던 순수 터지던 그날들. 돌아갈 수는 없으니, 나 혼자 기억하는 그 시절을 셀프 칭찬해주련다. 잘했다고, 그땐 참 아팠지만 지금 생각해보면 참 소중하고 예쁜 기억들이라고.

......

누나도
네가
좋아

새해가 밝아와도 그다지 기쁘지 않게 된 건, "너도 이제 꺾였다"는 복학생 오빠들의 말같지 않은 드립들을 듣기 시작하면서부터였던 것 같다. 새해, 나의 새로운 목표들을 생각하며 설레기보다는 '올해에도 또 새로운 스무 살들이 생겨나고, 어리고 예쁜 여자들이 거리에 넘쳐나겠지.' 하는 우울함부터 찾아오게 된 것이다. 새해 첫 시작이 이렇게 쪼잔하고 비극적이라니. 하지만 연하남이라는 어린 오빠들이 나타나면서, 우리의 새해는 달라졌다. 또다시 한 살 더 먹었다 해도 이런 우울함에 빠져 있을 이유는 없어진 것이다. '꽃미남, 짐승남, 초식남…… 그중의 제일은 연하남이니라.' 대세는 연하남, 우리가 잔뜩 먹은 나이는 귀요미 연하남들이 대신 깎아줄 테니, 연상녀들이여 이제는 웃으라!

'오빠'에 열광하던 그녀들, 이제는 왜 '연하남'인가?

'연하남'이라는 새로운 멜로 판타지 캐릭터의 등장은 센세이션이었다. 천편일률적인 '오빠' 캐릭터의 딱딱함과 텁텁함을 한방에 녹이는 상큼함이랄까? 연하남이시여, 당신은 레몬이세요? 그들은 나이는 어리지만 든든한 품과 커다란 손으로 힘겨운 인생살이에서 허덕이는 나를 위로하고, 때로는 상처 받은 강아지 같은 눈으로 (나도 지금까지 그 존재를 알지 못했던) 모성본능을 자극하곤 한다.

그뿐인가! 순수한 눈빛에 마냥 힐링되다가도 문득 '누나'가 아닌 내 이름을 거칠게 불러제껴서 사람 심장 떨리게 만드는 재주까지 있다. 그냥 이름만 불러줘도 이렇게 짜릿할 수 있다니, 이건 연하남만이 뽐낼 수 있는 매력이다. 누나를 들었다 났다 하며 평생 내 통장에 빨대를 꽂아도 좋다고 허락하게 만드는 그들, 이쯤 되면 우리는 그들과의 연애를 꿈꾸지 않을 수 없다.

실제 연하남과의 연애는 어떨까?

물론 세상의 모든 연애가 그렇듯 연하남과의 연애도 처음부터 끝까지 달콤하기만 하지는 않겠지. 하지만 그럼에도 연하남과의 연애에는 분명 장점이 존재한다. 가장 큰 장점! 그들은 감정 표현에 '솔직'하다. 나와의 관계를 재거나 따지지 않고, 좋은 그대로 감정을 표현한다. 완벽하고 화려하지는 않지만, 그야말로 '서투른 열정'이 느껴지는 연애랄까. 연하남은 지금의 내 표정과 말투에 집중하지, 내가 결혼하고도 일을 계속할지 시부모님에게 전화를 자주 드리는 성격인지 따위는 궁금해 하지 않는다. 여자는 언제나 멜로 드라마를 꿈꾸지 않은가. 연하남은 여자가 원하는 멜로의 감정선, 현실을 잊게 하는 달콤함을 지켜줄 수 있는 존재다. 물론 넘치는 체력은 더블, 아니 트리플 보너스.

유승호, 여진구, 이종석… 고마워요

국민남동생 유승호 군이 드디어 제대했다. 군대 다녀왔으니, 또 얼마나 더 멋있고 남자다워졌을까. 게다가 승호가 우리 곁을 잠시 떠난 사이에는 여진구님께서 그 빈자리를 든든하게 채워주었다. 진지한 눈빛과 중저음 목소리를 가진 그가 1997년생 미성년자라니, 이건 너무나 잔인해 알고 싶지 않은 현실이다. 나는 쓸데없이 뭣하러 이렇게 일찍 태어난 걸까.

그리고 연하남 이야기에서 빼놓을 수 없는 캐릭터, 〈너의 목소리가 들려〉에서 '박수하'를 멋지게 연기한 이종석이다. 그 드라마가 방영될 당시, 내 주변 모든 여성의 SNS는 박수하읾이로 뜨거웠다. 그 덕분에 나는 드라마 한 편 볼 때마다 수액 주사를 맞은 듯한 에너지를 받곤 했다. 고맙습니다, 연하남 여러분, 누나들한테 좋은 일 많이 해주셔서. 진짜 복 받으실 거예요.

사실 나이가 많고 적음을 떠나 사람이 다 똑같은 것도 아닌데 특별히 오빠니 연하남이니 하며 구분 짓는 것은 의미가 없을지도 모른다. 사실 우리가 바라는 것은, 나를 향해 조금은 어설프지만 있는 그대로 사랑을 표현하는 한 사람의 진심일 뿐이다. 비록 나이가 많아도 내게 거칠고 저돌적으로 사랑을 표현해주는 그런 순수한 사람이 그리울 뿐이라는 얘기다. 올해에는 진심을 표현할 줄 아는 사람과 조금 더 순수한 사랑을 나눌 수 있다면 정말 좋겠다.

......

사랑일까,
집착일까?

_연인 간 분리불안 장애

지금은 유부남이 되어 저 멀리 아득히 꺼져버린 첫
사랑 오빠와 연애하던 시절, 나는 정말 답 없는 집착녀였다. 당시
그와 우리 집 사이의 거리는 차로 40분 정도, 나를 데려다주고 가
던 그때가 밤 11시였으니, 아마 제대로 도착했으면 11시 40분 즈
음이었을 거다. (사실 난 이게 문제다. 연락 와야 하는 데드라인을 분 단
위로까지 잡고 추리하고 난리를 부린다. 완전 김전일인줄!) 그렇게 그의
차가 떠난 지 정확히 50분이 지나고부터 나는 극심한 불안 증세를
보이기 시작했다. '왜 도착했다는 전화가 없지?' 연결되지 않은 통

화 기록이 30여 개가 생겼을 무렵, 나는 정말 제정신이 아니었다. 모든 사건, 사고의 변수를 상상하며 눈물범벅이 되어 신에게 기도를 올린 건 물론, 그의 집 주변 경찰서에 전화를 걸어 사고차량 번호를 조회해보기까지 했다. 우리 엄마는 그날 내 모습을 거칠고 적확하게 표현해주셨다. 그랬다. 나는 정말 "염병을 떨고 있었다."

사실 나는 나만 또라이일까봐 걱정했는데 모 결혼정보 회사에서 비슷한 설문조사를 한 결과, '위아더월드 또라이'라는 것을 알게 됐다. (물론 내가 조금 더 조급한 면이 있기도 하지만) 미혼남녀 65.8%가 '연인과 연락이 안 될 때 불안감을 느낀다'고 하고, 그때 남성은 '일단은 연락이 올 때까지 기다리며'(56.3%), 여성은 '응답할 때까지 연락한다'(66%)고 답변했단다.

보통 이런 연구 결과에서는 어린 시절 부모와의 애착 관계 이론에서 그 근거를 찾는다. 이 설명에 나는 꽤나 불편해졌다. 그럼 '우리 부모님은 나를 어떻게 키웠기에 내가 지금 이렇게 집착이 쩌는 거냐'는 패륜적 생각을 하게 되기 때문이다. 우리 부모님까지 마라, 심리학 놈들아. 사실 현대를 살며 연애하는 우리에게 이런 증상이 생긴 것은 아마 분 단위, 초 단위로 서로의 상태를 확인하고 점검할 수 있는, 아주 안전하고 숨 막히는 통신 기술 때문이 아닐까 싶다. 몸은 떨어져 있어도 마음만 먹으면 언제나 함께 있는 것처럼 느낄 수 있는 메시지와 음성통화 덕분에 연인들은 서로에게 떨어져 혼자만의 시간을 영위할 수 있는 능력마저 퇴화되어버린 것이다. 그래서 서로 연결되어 있다는 느낌을 받지 못하면, 극심한 불안 증세를 경험하고 외롭지 않은 일에도 더욱 외로움을 느끼게 된다. 그렇다면 이쯤에서 영국에서의 연구가 쫙 나와줘야 한다. 영국 어느 심리학 실험에서는 연인에 대한 집착이 강한 사람일수록 오히려 바람피우기 쉽다는 연구 결과를 내놓은 바 있다. 배우자의 애정에 굶주리거나 집착이 강한 사람일수록 자신이 내버려지는 것에 대해 불안감을 갖고 바람피울 가능성이 높다는 것이다. 쉽게 말해, '버려지기 전에 버리겠다'라는 못되고 불쌍한 심리다.

이런 실험이나 원인 모두를 찾아봐도 사실 마음 다스리는 일은 어쨌거나 자기 몫이고, 사랑하는 상대에 관해 초연하고 쿨하기란 어렵다. 그래도 이것 때문에 너무 괴로워하거나, 바람 같은 극단적인 생각은 하지 말았으면 좋겠다. 상대방을 최대한 존중하며 연락 방법을 찾는 것, 혹시 어긋나더라도 좀 더 상대방을 믿는 것, 또 혼자인 내 시간을 소중하게 여기는 것, 사랑으로 인한 나의 불안과 걱정이 상대에게는 부담과 두려움이 될 수 있다는 점도 언짢지만 잊지 말자. 이 정도가 괴로운 당신에게 내가 줄 수 있는 야매 해결책이다. 근데 난 '집착남' 매력 있던데, 왜 남자들은 내게 집착을 안 하지?

······

너 손가락 부러졌나

궁금해서

전화해봤어

사랑을 시작하는 초반, 익숙해진 중반, 그리고 마음이 조금은 식어가는 후반까지도 시기를 막론하고 연인들 사이에 끊임없이 불거지는 트러블 메이커, '연락'. 이 '연락 문제'는 언제나 우리를 머리 아프고, 조금 서럽게 만든다. 연락 횟수와 마음은 상관이 있는 건지, 왜 그는 이제 전처럼 내게 연락을 자주 하지 않는 건지 우리는 늘 궁금하고 고민스럽다. 혹자는 연락에 얽매이는 것을 유치하고 의미 없는 일이라 하지만, '연애'하면서 완벽하게 쿨할 수 있는 사람이 과연 얼마나 될까?

당신을 꼬시려 갖은 애를 쓰던 시절, 그의 연락 횟수는 어땠는가? 사실 가장 많이 싸우는 이유는 우리가 그때만을 회상하고 돌이키며 억울해하기 때문이기도 하다. 서운하기 시작하면 끝이 없기에 어느 정도의 이해가 필요하다. 그러나 이 모든 것을 차치하고라도 용서해선 안 되는 경우들이 있다.

첫 번째는 당신과만 연락이 되지 않을 때이다. 사실 우리가 어떤 사람인가? 미니홈피를 탈탈 털어 그 사람의 모든 생활반경과 인맥 상황들을 알아내던 서치의 민족이다. 그가 내게 연락하지 않는 그 시간 동안에, 그의 SNS나 소셜 게임에서의 업로드 시간과 댓글 시간, 접속 시간 등을 뒤져 찾아내는 것 정도야 식은 죽 먹기다. 그렇게 뒤진 끝에 그 흔적을 발견하는 순간, 우리는 그를 엄중히 처단해야 하는 중요한 근거를 손에 쥔 셈이다. 왜냐하면 우리가 정말로 그의 우선순위에서 밀려 있다는 것이기 때문이다. 연인 사이라면 나보다 더 첫 번째에 다른 것을 두는 남자는 만나지 마라.

두 번째는 갑작스런 잠수다. 마치 서로 짠 것처럼 남자들의 이 의심스러운 잠수 후에는 구구절절 비슷한 이유가 이어진다. 상갓집, 핸드폰 고장, 갑자기 아픔, 할머니 생신 등등. 하지만 어떤 응급한 일이 있더라도, 연인 사이라면 자신을 걱정할 상대방을 위해 연락 한 줄 남기는 것은 기본적인 상식이라고 본다. 이를 어기는 사람은 그 이유가 거짓이거나, 아니면 당신을 배려해야 할 상대라

에흥.

그의 연락이 뜸해지면
괜히 불안해지는 마음

고 여기지 않기 때문에 그런 것이다. 이 역시 '당신은 소중하기에' 절대 그냥 넘어가서는 안 되는 문제다. 용서해주지 마라. 이런 것 다 참아가며 안 사귀어도 된다. 그 사람보다 좋은 남자 많다. (물론 그 좋은 남자들이 우릴 안 좋아할 수도 있다. 꽤 많은 경우⋯ ^ㅜ)

적절한 연락 횟수와 방법은 무엇일까?

이것이야말로 케이스바이케이스, 정답은 당신에게 있다. 아침저녁으로 생사 확인만 해도 오케이인 사람이 있는 반면, 하루 종일 ×톡을 이어가야 마음이 놓이는 사람이 있다. 자신은 어떤 사람인가? 그리고 상대는 어떤 사람인가? 그리고 서로의 하루 일과와 상황은 어떤가? 둘이 머리 맞대고 잘 고민해서 최적의 룰을 만들라. 무엇보다 중요한 것은 룰 자체가 아니라, 함께 서로를 배려하면서 대화하고 고민해야 한다는 것이다. 무조건 상대방을 잡을 필요도 없고, 말 못하고 속앓이 할 필요도 없다. 연애란 함께하는 것이고, 같이 걷는 거니까. 꼭 정해진 틀에 맞출 필요는 없지만 서로가 서운하지 않을 만큼의 하한선 정도는 이야기하는 편이 좋다. 이건 정말 강추! 쓸데없는 싸움을 반 이상 줄여준다.

사실 정말 중요한 것은 연락을 자주 하고 안 하고가 아니다. 연락의 횟수와 상관없이 서로가 서로를 존중하고 사랑하고 있느냐, 또 그것을 서로가 충분히 느끼고 있느냐가 중요하다. 연락은 수단일 뿐, 중요한 것은 상대를 향한 배려와 사랑이 아닐까. 그것이 충분히 소통되고 있다면 연락에 대한 싸움과 갈등은 더 이상 불필요해질 것이다. 자신이 사랑하는 사람을 불안하게 만들고 싶은 사람은 없다. 서로를 아끼고, 그렇기에 안정된 연애를 하길 진심으로 바란다.

......

교회 오빠들이

더 위험한

이유

        남자들이 잘생긴 남자나 돈 많은 남자보다 더 경계
하고 견제하는 남성군이 있다. 바로 '교회 오빠'라는 존재다. 나도
처음에는 남자들의 그런 경계가 잘 이해되지 않았다. 교회 오빠들
은 정말 순수하게 신앙적으로 착하고, 다정한 오빠들인데 말이다.
하지만 썸과 연애의 핵폭풍인 교회 내 중고등부와 대학부, 청년부
까지 모두 거치며 경험해보고 나니 생각이 달라졌다. 역시 남자는
남자가 보는 게 맞다. 교회 오빠들은 정말 위험한 존재였다. 아마 나
와 비슷하게 교회생활을 오래 한 여성들은 대부분 공감할 것이다.

정말 사람 만날 기회가 없어서 교회라도 나갔던 새싹 같은 여성이나 이미 교회 오빠들이 작업을 걸기 시작한 몇몇 무교 여성들을 위해 이 경고의 글을 바친다.

흔히 '교회 오빠' 하면 반듯하고 다정한 이미지를 먼저 떠올린다. 그렇기에 그들이 위험하다는 이 경고에 대해 굉장히 의아해 할 여성들이 많을 것이다. 왜냐하면 그녀가 아는 한 교회의 모든 이성, 오빠, 동생, 친구 통틀어 나빠 보이는 사람은 단 한 명도 없기 때문이다. 그들은 그냥 너무나 착하고 신앙심 깊으며 친절하기만 하다. 그들은 여성들을 혹하게 만드는 '나쁜 남자 냄새'는 거의 풍기지 않는데다, 그 순진한 눈과 목소리에서는 나를 꼬시겠다는 검은 욕망 따위는 조금도 엿보이지 않기 때문이다. 다른 남자들처럼 날 어떻게 해보겠다는 마음없이, 정말로 순수하게 신앙적으로 내게 도움을 주고 날 위해 기도까지 해준다는 착한 사람이다. 그래서 내가 의지해도 좋겠다는 생각마저 드는 사람이다. 게다가 마음과 우정을 나눌 '이성'이 생겼다는 생각에 든든해지기까지 한다.

하지만 여러분은 이 사실을 주목할 필요가 있다. 바로 교회 오빠가 위험한 첫 번째 이유다. 정말 거의 전부라고 봐도 좋을 만큼 교회에는 남자보다 여자가 절대적으로 많다. 그 오빠들 주변에는 언제나 여자들이 가득하다. 당신이 아는 교회 오빠의 수가 1이라면, 그 교회 오빠가 다정하게 대하며 관리(?)하는 여동생들의 수는 평균 5는 된다. 당신과 나누는 그 따뜻한 대화가 당신과만 이루어지는 것이 아니라는 점이다. 물론 모든 교회 오빠가 그런 것은 아니다. 하지만 당신이 매력을 느끼는 다정한 이미지, 깔끔한 외모의 교회 오빠는 정말로 거의 대부분이 그렇다. 공대 아름이로 졸업할 때까지 과CC를 반복해온 약간 예쁘장한 여자애의 경우를 생각해보면 쉽게 이해할 수 있을 것이다.

만약, 설령 그 오빠가 당신에게 꽂혀서 연애를 시작한다고 해도, 그 오빠의 인간관계 영역 속에는 늘 절대 다수의 여동생들이 함께한다. 그 교회 오빠는 평생 악의 없이 늘 여성들에게 둘러싸여 살아왔다. 그 오빠가 그렇게 당신 마음을 콕콕 잘 짚어 위로해주고, 안아주고 섬세하게 배려해주는 것, 타고났을까? 아니다. 평생 여자들에게 훈련되었고, 너무나 여자들을 잘 알고 있기 때문이다. 이런 오빠와 잘 만나면야 좋겠지만 내가 아끼는 이들에게 추천하기엔 너무나도 위험 요소가 다분하다. 당신과 만난다고 해서 교회 여동생들과의 끈끈한 관계가 쉽사리 끊어지는 것이 아니기 때문이다.

그들이 위험한 이유 두 번째, 두둥. 그들도 남자다. 그들이 아무리 따뜻하고 초월적인 신의 사랑을 노래하며 아름다운 말씀을 전파한다고 해도, 그들은 결코 신이 아니다. 그들은 그저 남자에 불과하다. 그들도 모이면 야한 얘기를 하고, 걸그룹의 외설적인 몸짓에 눈을 못 뗀다. 그러니 교회 오빠랑 사귄다고 해서 꼭 스킨십 문제에서 자유로울 것이라는 기대는 하지 마라. 억눌렸던 남자들이 더 무서운 법이다. 물론 그들도 '나름' 노력하겠지만, 그 노력이 늘 성공적이지는 않다. 이건 진짜 중요한 문제다. 물론 연인 사이의 스킨십 문제는 둘이 알아서 하는 것이 당연하고 내가 상관할 바 아니지만, 간혹 교회 오빠라는 선한 인상에 빠져서 그들의 금욕을 무작정 신뢰했다가 큰 코 다친 어린 양들의 사연이 너무나 많았기에 노파심에 경고하는 것이다. 그들은 신을 믿는 사람이지, 신이 아니다. 착하게 살려고 노력하는 사람이지, 완벽하게 착한 사람이 아니다.

속시원하게 막장 사례들을 얘기하고 싶지만, 나도 교회 계속 다녀야 하므로 이쯤에서 입을 다물어야겠다. 사실 그보다 내가 교회 다닌다는 사실만으로도 꽤 놀라는 분들이 있으리라 예상한다. 거봐요. 교회에도 나 같은 날라리에 또라이가 있다니까요. 그러니까 교회 오빠들 다 믿지 마세요. 그냥 사람이에요. 그것도 남자 사람.

덧글
상당히 많은 경우 그 오빠들보다 여러분이 더
위험한 여자일 가능성이 높은 건 함정! 하핡

......

다시

사랑할 수

있을까?

　여러 번의 이별을 겪으며, 스스로에게 수없이 되물었던 질문이 있었다. "내가 다시 '사랑'을 할 수 있을까?"이다. 남자 없이는 하루도 못 사는 양 지조 없이 줄기차게 환승해놓고 이 무슨 개소리냐고 따지고 들면 할 말은 없지만, 진짜 그랬다.

　길게는 4년, 짧게는 한 달을 만난 그 모든 연애에서 나는 늘 진심이었다. 그 사람만이 내 운명의 상대고, 그와의 오랜 삶을 상상하고 꿈꿨다. 그런데 그 사람들은 로또도 아닌 주제에 번번이 꽝이었다. 마치 영원인 것처럼 속삭이던 사랑의 말들도, 눈을 맞추고 진지하게 이야기한 미래들도 모두 한낱 거짓이 되고 말았다. 괜찮다고, 이 모든 게 경험이고 후회 없이 사랑했으니 됐다고 아무리 좋게 포장하려 해도 술 먹은 어느 날이면 눈물과 함께 쌍욕이 방언처럼 터져나왔다. 나는 이제 더 이상 그들에게 속고 싶지도 배신 당하고 싶지도 않았다.

또 연애가 여러 번 이어지다 보니 나중에는 데이트 자체가 냉소적으로 느껴졌다. 구남친과 와보았던 장소들, 먹었던 음식들, 특별하고 유일할 것만 같던 그 순간들은 순진했던 나를 비웃듯 이후의 남친들과도 얼마든지 쉽게 반복되었다. 특별한 것은 결국 없었다. 아련하게 혹은 더럽게 떠오르는 옛 기억들 때문에 아름다워야 할 순간에도 온전히 집중할 수 없었다. 그래서 지금의 남자친구를 너무나 사랑하지만 모두 믿지 못했다. 사랑을 고백하는 그의 떨리는 목소리도 금세 질린다는 말투로 바뀔지 모르는 일이었다. 그리고 그것이 얼마나 아픈지 나는 이미 알고 있었다.

그날도 그랬다. 영화를 보고 그와 이어폰을 사이좋게 나눠 끼고 청계천을 걸었다. 가을의 차가운 공기가 기분 좋게 느껴졌다. 그리고 너무나 익숙했다. 그랬다. 아름다운 그 순간에 나는 지금과 비슷한 구남친들과의 데이트가 떠올랐다. 그 모든 기억 속에서 나는 행복했다. 그리고 그것들은 점점 잊혔고 어느새 그 기억들 없이도 잘 산다.

'행복한 지금도 얼마든지 쉽게 변하고 또 잊힐 수 있으리라. 그래도 나는 곧 괜찮으리라.' 쓸쓸하게 자조하던 그때, 그가 뜬금없이 내게 이런 말을 했다. "네 지나간 기억들까지 모두 사랑할 수 있을 것 같아. 내 마음은 변하지 않아. 난 괜찮아." 그리고 나는 소리 내어 울음을 터뜨렸다. 카메라를 맨 중국인들 천지인 주말의 청계천에서.

　"다시 사랑할 수 있을까?" 이 질문의 답은 단 하나다. 이별을 반복하며 닳고 닳은 여자가 되어버린 기분을 느껴도, 세련된 이별 노래처럼 이제는 모두 지겹다고 자조해보아도 우리는 안다. 그 질문이 이제 사랑을 할 수 없을 것 같아서가 아니라 진정으로 '사랑하고 싶기에' 생기는 물음임을. 또다시 거짓이 되고 쓸쓸한 기억만 남을지라도 다시 사랑을 믿고 싶은 이 순간, 이미 사랑은 시작되었다. 우리는 사랑할 수 있다.

연애의
손절매

혹시 '손절매(損切賣)'라는 말 들어봤는가? 경제용어로 쓰이는 말인데, 앞으로 주가가 더욱 하락할 것을 예상해, 가지고 있는 주식을 매입 가격 이하로 손해를 감수하고 파는 것을 말한다. 난 사실 주식이나 숫자 같은 것엔 영 똥멍청이인지라, 이 용어를 알게 된 지는 얼마 안 됐다. 그리고 그 용어의 설명을 듣고는 아는 동생이 알딸딸하게 취했던 상태에서 언젠가 했던 이야기가 떠올랐다.

"언니, 나는 그 애랑 지금 너무 행복한데 앞으로 지금처럼 내가 변하지 않고, 그 애가 변하지 않으리라는 확신이 없어. 그래서 지금 우리가 너무 좋을 때 끝냈으면 좋겠어. 좋은 기억, 좋은 마음만 남은 채로 말이야."

아마 그녀가 주식을 매매하고 다루게 된다면 손절매의 여왕이 되지 않을까? 아련아련한 순정의 고민을 이야기한 그녀에게 당시 내가 해줄 수 있는 이야기는 "배때기가 부르니까 별 헛소리를 다 한다"는 부러움 섞인 면박밖에 없었지만, 사실 그녀의 마음을 이해하지 못했던 것은 아니다. 가장 믿었고 의지했던 이가 점차 마음이 변해 나를 떠나가던 그 순간이 얼마나 아프고 견딜 수 없는지를, 우리는 지난 연애에서 충분히 배웠기 때문이다.

하지만 가슴 속에 3천 원을 간직한 그녀가 지금의 벅찬 사랑의 순간에 스톱을 외치고 똑소리 나게 손절매할 수 없는 이유는 또 다시 그와 사랑을 하고 있기 때문이리라. 아프고 괴로워질 수도 있는 그 모든 가능성까지 기꺼이. 주식 따위와 비교할 수 없는 포근포근 몽글몽글한 그것. 고로 연애의 손절매는 앞으로도 계속 불가한 걸로. 땅땅땅.

어떻게

눈

맞았냐고!

　가끔 멜로 영화나 순정 만화를 볼 때면 불만스러웠던 것이 있다. 여자 주인공이 남자를 어떻게 해서 그 자리에서 만나게 된 것까지는 알겠는데, 어떻게 그 남자랑 사랑에 빠졌는지, 어떻게 둘이 눈 맞게 된 것인지에 대한 설명은 늘 쏙 빠져 있었다. 그걸 알아야 내가 다음에 누굴 만나면 써먹어보기라도 할 것 아닌가. 그래서 나는 연애를 하게 되면, 서로 눈이 맞던 순간을 세세하고 구체적으로 기억해서 기록하리라 다짐했다.

　그런데 막상 내가 '연애', 즉 내가 좋아하는 사람이 나를 좋아하는 기적을 겪고 나서 그 '눈이 맞던 순간'들을 기억해보면 무척 당황스러웠다. 내 경우 그 순간들은 내가 불만을 느꼈던 그 영화와 만화들보다 훨씬 더 무책임하게 진행되었다. 햇빛 쨍쨍한 날 새 원피스를 입고 나갔다가 뜻밖에 만나게 된 폭우처럼 황당함을 금치 못할 만큼 말도 어버버 나오던 그 틈에 사랑이 시작된 것이다. 우연하게 만나 이유도 모르게 그냥 어쩌다 그렇게 됐다. 일 년 전 그와 나의 첫 만남도 뻔하지만 그랬다.

아는 언니의 결혼식에 갔던 날이었다. 타이트하게 맞춰 입은 코트가 터지도록 뷔페 음식을 털고는, 결혼식에 같이 갔던 친구와 홍대에서 맥주를 마시며 늘어져 있었다. 그때 친구는 남자친구의 전화를 받았다. 그 친구의 남자친구도 그날 결혼식에 갔다가 친구들과 주변에서 술을 마시고 있다고 했다. 친구들과 여기로 오겠다는 말에, 내 친구는 내가 불편해 할까봐 "애는 그런 거 싫어해."라며 정중히 거절했다. 그리고 친구가 전화를 끊자마자 나는 득달같이 친구에게 달려들었다.

"나 그런 거 되게 좋아해!!!!!!!!!!!! 오라 그래!!!!!!!!!!!!!"

그렇게 우리는 만나게 됐다. 홍대의 어느 카페 앞에서 처음 마주한 우리는 참 어색했다. 나는 조신한 척 구두를 또각대며 걸었고, 그는 결혼식이라고 빼입은 어색한 정장 차림으로 앞서 걸었다. 그날 술자리에서 엄청나게 특별한 사건 같은 건 없었다. 어색한 자리가 다 그렇듯, 우리는 모두 소주를 엄청 마셨고 다른 한 친구는 2차를 가던 길에 장렬하게 그날의 속을 꺼내 보이며 기절을 했다.

하지만 단편적으로 기억나는 몇 가지는 그 자리에서 그와 나는 몇 번이나 눈을 마주쳤고, 그러다 서로를 조금 더 오래 쳐다보고 있기도 했다는 것. 그날 그는 내 말에 몇 번이나 맞장구를 치며 하이파이브를 하자며 손을 겹쳐왔고, 나도 장난스레 그와 손을 맞대었다. 그가 기절한 친구를 수습하러 간 사이에 나는 친구 남자친구가 태워준 택시를 타고 아쉽게 집에 돌아왔다. 그리고 그날 밤에 나는 그와 다시 만나 이야기를 나누는 꿈을 꾸었다. 그리고 그 꿈이 현실인지, 그저 꿈인지 비몽사몽해 하고 있던 다음날 아침, 내 친구로부터 그가 내 번호를 물어왔는데 알려줘도 되겠느냐는 메시지가 왔다. 내 광대가 우주 끝까지 발사되었음은 굳이 설명하지 않아도 되겠지.

흔하디흔하고, 그다지 낭만적이지도 않은, 그와 나의 눈 맞은 날 이야기. 소소한 너네들만의 이야기였습니다.

상대성이론

개나

줘

　　주말, 그 애랑 알콩달콩 데이트하던 그 이틀은 쏜살같이 지나가더니 월요일 오전은 미친 듯이 더디다. 거지 같은 상대성이론. 슈발, 아인슈타인도 싫어짐, 나쁨.

......

손뜨개
목도리

옆 팀 언니랑 손뜨개 목도리를 뜨기 시작했다. 워낙 내가 개손인 건 알고 있었지만, 해도해도 너무 한다 싶을 정도로 나는 속도가 느리다. 조금 속도가 붙었다 하면 어김없이 구멍이 뻥, 코가 빠져 있었다. 그때마다 다시 푸르고 하다 보니 몇 주가 지나도 내 손뜨개 목도리는 턱없이 짧았다. 지켜보던 다른 언니는 차라리 실 값에 노동값으로 더 좋은 목도리를 사겠다며 핀잔을 준다. 하지만 다들 알고 있다. 도중에 코가 빠져 구멍이 숭숭 난 목도리라도, 사람이 직접 뜨개질한 목도리가 얼마나 더 따뜻하고 포근한지.

기계로 아무리 정교하고 촘촘히 만들어도 만들어낼 수 없는 몽글몽글한 따뜻함이 손뜨개에는 잔뜩 묻어 있다. 내가 실수로 낸 그 구멍들도, 그 사람은 웃으면서 봐줄 테니까. 그 구멍들로 들어오는 찬바람도 그 사람 온기로 채워지지 않을까. 이렇게 난 오늘도 정신 승리를 한다.

따끈따끈 파워오브러브!

......

그녀는
연애밀착형
인간

　　그녀는 평생 야무지고 똑똑하다는 평가를 자주 들
어왔다. 그래서 정말 자신이 그런 인간인 줄로만 알았다. 그녀는
혼자서 영화도 잘 봤고, 새로운 언어를 배우는 것도 좋아하는 자기
계발의 신이었으며, 친구 관계도 원만해 약속이 끊이지 않는, 그런
하나의 독립된, 평균보다 무척이나 기특한 인격체였다.

　　그런데 누군가에게 마음을 열고, 연애를 하기 시작하면서
그 기특한 인격체는 조금 이상하게 변모하기 시작했다. 그녀는 더
이상 혼자 있는 시간을 자기 시간으로 쓸 수가 없었다. 모든 주말

은 그를 만날 수 있는 시간으로 비워두고, 또 퇴근 후 여유 시간마저도 온전히 자신을 위해 쓰지 못했다. 오랜만에 만난 친구와 저녁을 먹으면서도, 보고 싶던 드라마를 보면서도, 속이 답답해 공원에 운동하러 나가면서도 그녀는 손에서 핸드폰을 놓지 못한다. 그녀가 완전하게 행복하게 보내던 그녀만의 시간이 온통 그를 기다리는 시간으로 바뀌어버렸다. 그렇게 재미있던 책도 영화도, 심지어 미드도 다 시들해졌다. 모자라기만 하던 잠도 조금도 필요없었다. 끊임없이 그와의 만남, 그의 연락을 기다리면서 그녀의 시간들은 지옥과 같이 지루한 시간이 되어버렸다.

나는 이런 유형의 사람을 '연애밀착형 인간'이라고 정의한다. 이 새로운 인류는 유전자와는 전혀 상관이 없으며 어떤 기질의 사람도 한순간에 사랑의 찌질이로 변화시킬 수 있다. 위로의 말을 하자면, 이런 인류가 탄생한 이유는 상대를 정말 많이 사랑하게 되어 자신의 삶의 방향이 그에게 집중해 있기 때문일 거라고 대강 토닥여줄 수는 있다. '연애밀착형 인간'이라는 고급진 단어 외에 이들은 '답 없는 사랑꾼'이라는 별칭도 가지고 있다. 그들에게는 변명할 여지 따위는 없을 것이다. 심지어 이렇게 상대에게 관심과 사랑을 쏟아봐도, 그 결과는 가끔 무너지는 자존감과 넘치는 배신감으로 찾아올 때가 허다하다. 짠내는 나지만 어쩔 수 없다.

당신에게 이런 증상이 찾아온다면 운명이라고 생각하고 그냥 받아들이길 권고한다. 해독제는 없다. 당신의 넘치는 러브빔 광선과 유난을 최대한 꾹꾹 눌러 그에게 들키지 않게 하는 수밖에. 오늘도 꾹꾹 잘 숨겨보자. '너 없이도 나는 겁나 바쁘고 잘나가는 여자야' 하는 태도로. 그렇게 언제나 너무 기쁘게 전화 받고 달려 나가지 말란 얘기다. 아, 내 경우? 응? 뭐라고? 남친 올 시간이라 꼬리 흔드느라 바빠서 못 들었다.

'커플 아이템'에
집착하는
이유

간질간질 '네가 좋네, 내가 좋네' 하며 썸 타는 사이에서 이제는 '너랑 나는 서로 좋아하는 사이, 찜콩!' 하는 연애의 시작기로 넘어가는 그때, 가장 좋을 때라는 그때, 커플 아이템에 대한 집착은 장렬하게 시작된다. 들뜨고 신난 마음으로 고기에 등급 확인 도장 찍듯이 여기저기 보이는 것, 할 수 있는 것마다 커플 아이템들을 장착하고 마련하는 데 온 정신을 쏟는 것이다. 그것이 나중에 어떠한 족쇄로 작용할지는 안중에도 없다. 이미 경험해봤더라도 그 시점에선 모든 경험치가 제로 상태가 되고 만다. 한창 좋은 그때 터져나오는 도파민과 아드레날린은 우리를 점잖고 시크한 사회인에서 어느새 혈기왕성한 10대로 회귀하게 만든다.

실반지 하나가, 같은 디자인의 운동화나 시계 따위가 사람과 사람을 연결하고 이어주는 것이 되기에는 부족하다는 것을 알면서도, 연애를 시작하면 왜 그런 사소한 것에 목숨을 걸게 되는 걸까? 그런 물건이 없이는 상대를 믿지 못하겠다는 의심병에 걸린 것도 아닐진대, 연애를 시작하고 나면 늘 그와 무언가 같은 것을 하고 싶어진다. 유치하고 사소한 그 작은 것들이 너무나 간절해진다.

도대체 이게 무슨 심리일까 곰곰이 생각해보니, 문득 같은 아이돌 오빠를 좋아해서, 같은 색깔의 풍선을 흔들고 같은 색의 우비를 맞춰 입던 소녀(라고 쓰고 빠순이라고 읽는다.) 시절이 떠올랐다. '나'라는 개인을 떠나 '우리'라는 동질감과 소속감을 아주 강력하게 느끼게 해준 첫 번째 경험. 어쩌면 커플 아이템도 그런 맥락에서 하게 되는 것 아닐까? 힘들고 외롭고 오롯이 혼자였던 '나'에서 이제는 힘들고 괴로운 일과 기쁜 일 모두 자기 일처럼 함께 나누어주는 '우리'가 되었다는 사실을 공표하고 싶은, 일종의 영역 표시 같은 것 말이다.

사실 그런 심리나 이유 따위 아무럼 어떠냐 싶다. 언젠가는 그 아이템이 쳐다보고 싶지 않도록 아프고 싫은 기억의 물건이 될지라도, 그 아이템 때문에 멋진 남자들이 다가올 기회들을 송두리

그와 함께 있으면 유치하고 사소한
그 작은 것들이 너무나 간절해진다.

째 잃게 될지라도, 그 작고 사소한 물건과 그 시간이 사랑하는 이와 함께 만들고 쌓았던 행복이라는 것을 우리는 안다. '심플'한 디자인의 커플링을 찾는다는 미명하에 하루 종일 종로를 누빈 끝에 결국 누구나 다 하는 흔한 디자인의 금가락지를 나누어 끼고는 좋다고 웃던 시절이 있었다. 의기양양하게 커플티를 살 때는 언제고 정작 그 옷을 입고 나온 날엔 창피해서 서로 멀찍이 떨어져 걸었었다. 같은 디자인에, 색만 다른 운동화를 신고 그와 소풍 나가던 봄날에는 그 발걸음조차 달콤했다.

애들도 아니고 그런 유아적 심리 때문에 괜한 물건 싸지를 필요 없다 말하는 이도 있을지 모르겠다. 혹은 아무리 커플이라도 개인의 취향과 필요는 다르다 할지도 모르겠다. 물론 그 이야기들은 매우 타당하다. 그러나 나는 묻고 싶다. 그런데 그렇게 현명해지면 그거 어디에 쓸 거냐고. 지금 '연애 중'이라면 조금 더 유치해져도 괜찮지 않을까? 우리는 이미 필요 이상으로 조심스럽고 똑똑하다. 이유와 근거를 따져보았을 때 그것이 그저 집착이고 허상이라는 결론이 나오면 뭐 어떤가? 우리의 그 기억들과 그 순간들은 달콤한데…. 바보 같고 의미 없을지 몰라도 그것 또한 연애의 특권이자 재미다. 사랑하는 지금, 할 수 있는 만큼 더 뜨겁고 더 바보 같고 더 대책 없이 연애하자. 고로 오늘 당신의 위시리스트를 허하노라. 지르라.

......

마음속
빈
공간

　　　여자의 마음속에는 로맨스로만 채워야 하는 절대적이고 실제적인 물리적 공간이 존재한다. 사소한 예를 들자면, 내가 먼저 '사랑해'라고 말했을 때, '내가 더 사랑해'라는 대답 대신 '나도, 근데 지금 좀 바빠'라는 답장이 온다면, 그때 마음에 예의 빈 공간이 훅 만들어지는 것이다. 그 공간은 여자에게 알 수 없는 서러움과 근거 없는 외로움을 선사하는데, 그 순간 그녀들은 완벽하게 낭만적인 사랑을 하는 여주인공에서 꽝만 나오는 복권을 쥔 루저의 모습으로 변모하곤 한다.

이어 그녀들은 '이 남자도 아닌 건가?' 하는 황망함을 느끼거나 '이대로 그와 사랑을 계속한다면 나는 평생 이렇게 외롭게 사랑하며 살아야 하는 건 아닐까?' 하는 격정적이고 극단적인 불안을 맞이한다.

그리고 이 불안한 감정은 곧 그녀들을 오래지 않은 과거 속으로 데려가 추억팔이를 하게 만든다. 그녀들은 자신과 눈이 마주치고 싶어서 안달했던 시절에 그가 보낸 지난 메시지들을 들추어보기도 하고, 오래전 사진첩을 거슬러 올라가 그 시절에 찍힌 도도하고 매력적이기 그지없던 자신의 모습을 팬시리 확인해보기도 한다. 억울한 마음에 그에게 우다다다 메시지를 보내 따지고 싶지만 그러면 쿨하지 못한, 조금 질리는 여자가 될 테니 그렇게는 할 수 없다.

그와 나 사이에도 그런 날은 오고야 말았다. 내게는 평생 달콤한 꿀인 양 굴던 그가 고작 휴대폰 게임에 몰두하느라 처음으로 내 마음에 커다란 구멍을 뚫어버린 것이다. 그리고 그날 밤 나는 왠지 모를 배신감과 분한 마음에 베개를 끌어안고 전화기를 끈 채로 씩씩대고 있었다. 그리고 내 이전의 경험대로라면 다음은 세상에서 제일 서러운 여자가 되어 베갯잇을 눈물로 적실 차례였다.

그런데 그 순간 모든 게 너무나 귀찮아졌다. 퇴근 후 평일 밤을 그렇게 소진하기에는 체력이 너무나 딸렸다. 눈물 흘릴 준비를 거두고 바로 유튜브를 틀어 남자 아이돌 영상 클립들을 보기 시작했다. 아, 엄청 즐거웠다. 그들은 화면 속에서 내게 온전히 집중해줬으며 내가 그에게 듣고 싶었던 달콤한 말들을 노래해줬다. 내 마음속에 그가 만든 구멍은 어느새 차곡차곡 채워져갔다. 놀랍게도 곧 나는 말짱히 회복되었으며, 밝은 목소리로 그에게 전화해 게임 이겼느냐고 물어봐줄 여유와 너그러움까지 생겼다. 그때 알았다. 유레카! 이래서 남자들이 야동을 보는 거구나! (응? 이건 아닌가?)

누가 가르쳐주지 않아도 어느 순간 말문이 트이는 아이들처럼 연애에도 그런 것이 있나 보다. 누군가 말로 가르쳐주지는 않아도 배우고 체득하는 것 말이다. 그렇게 나는 마음에 빈 공간이 자꾸만 생겨도, 또 그것을 만든 장본인에게 따져물어도 그 공간은 메워지지 않고 해결되지 않는다는 것을 알게 되었다. 슬퍼하고 힘들어해봐야 내 손해라는 것도 이제는 알고 있다. 처음에 빈틈 없이 꽉꽉 들어차 보이기만 했던 마음들도 분명히 그립지만, 자꾸만 눈에 뜨이는 마음속 빈 공간들까지도 인정해줄 만큼 나는 조금 자랐고 조금 약아졌다.

영화 〈우리도 사랑일까?〉에서 마고(미셸 윌리엄스)는 마음속 권태와 빈 공간을 참을 수 없어 새로운 사랑을 찾아 떠나지만, 그건 영화 속 이야기일 뿐이다. 빈대 잡으려다 초가삼간 다 태운다. 우리가 바라는 로맨스와 달콤한 감정을 모두 다 채워줄 수 있는 이는 존재하지 않는다. 우리가 할 수 있는 일은 마음에 생긴 빈 공간을 그대로 두고 또다시 만들어지는 새로운 그림을 지켜보거나, 내 나름의 다른 색으로 그 빈틈을 채워가는 것이다. 오늘도 나를 채운 건 것 중 팔 할은 위너와 비스트다. 이 자리를 빌려 어린 오빠들에게 깊은 감사와 사랑을 전한다.

여자친구와의
싸움에서
승리하는 법

*이 글은 절대 여성의 관점에서 집필되었으며, 싸움의 원인이 남성에게
있는 경우로 한정하여 작성하였음을 밝힙니다. 또한 '내가 왜 이렇게 저자세로 나
가야 해?' 하는 자존감 킹 남자 분들께는 적합한 방법이 아닐 수도 있음을 경고합
니다. 그러나 몇몇 팁은 여자친구와의 끝이 없는 싸움에서 가장 빠르고 정확한 방
법으로 화해하는 데 상당 부분 도움을 주리라 예상합니다. 그럼, 굿 럭!

절대 다짜고짜 '미안해'부터 시작하지 않도록 하자.
그렇게 한참 사과한 이후에도 그 유명한 '뭘 잘못했는데?'라는 그
녀의 반문과 함께 상황은 다시 원점으로 돌아가기 일쑤이기 때문
이다. 본인이 그만큼 열심히 사과하고 싶다면 말리지 않겠으나, 자
칫 상황을 모면하려 '미안해'라는 기계적 사과를 하고 있다는 인상

을 줄 위험이 있음을 염두에 두어야 한다. 그녀가 "뭘 잘못했는데?"라는 어텍을 사용하든 사용하지 않든 자진하여 잘못을 고백한다. 자신의 잘못에 대하여 명확하게 인지한 후, 육하원칙에 따라 고지하며 사과하는 것이 포인트다.

> **좋은 예:** "어제 친구들하고 술자리에서 네게 센 척하면서 함부로 말해서 미안해."
>
> **나쁜 예:** "아, 내가 다 미안해. 미안해. 응?" → '아'라는(귀찮음, '대충 넘어가자'가 함의된) 전성감탄사가 붙는 순간 그녀의 분노 게이지는 폭발할 수 있다.

어서 빨리 이 갈등의 상황을 넘어가고 싶겠지만, 당신이 지금 사과하는 것이 귀찮다는 기색을 보인다면 이 싸움은 두 배 세 배, 그 이상으로 커질 가능성이 크다. 당신은 그녀의 생각만큼 자신이 잘못했다고 생각하지 않을 수도 있겠지만 일단 지금 그녀의 마음을 풀어주고 싶은 마음만은 진심이지 않은가? 그렇다면 지금 중요한 것은 당신의 사과가 최대한 '진심'인 것처럼 보이는 것이다.

다음으로는 여러분이 꽤 자주 들어보았을, 다툼 가운데 나타날 몇몇 예상 질문에 대한 해답을 알아보자.

"잘못인 줄 알면서 왜 그랬어?(=미안한 일을 왜 해?)"

"내가 미쳤었나봐. 친구들하고 어울려 있다 보니 조금 들떴었나봐. 아무리 그래도 너랑 한 약속은 꼭 지켜야 하는 건데, 정말 미안해."

극단적인 '자기 부인'으로 시작하여 절대 그 행동이 자신의 본의가 아니었음을 밝힌 후, 그녀가 너그러이 이해할 만한 적당한 주변 요소를 핑계로 이용한다. 평소 그녀가 신경쓰여 하거나 잘 보이고 싶어했던 당신 주변의 집단을 이용하면 더욱 효과적이다. 덧붙여 약속을 지키지 못한 잘못의 본질을 한 번 더 언급하여 당신이 충분히 반성하고 있음을 강조하도록 하자.

"이제 네 약속(말)을 못 믿겠어."

"아니야, 나도 너랑 한 약속을 못 지켜서 정말 미안하고, 나도 내가 실망스러워. 앞으로 다시는 이런 일 없을 거야. 약속 꼭 지킬게. 믿어줘."

다소 구구절절한 느낌이 있으나, 약속과 신뢰에 관한 강조는 아무리 여러 번 반복해도 부족하다. 신뢰를 잃으면 모두 잃은 것이므로 이에 대한 확실한 사과가 필요하다. 자신에게 실망했다는 멘트를 덧붙이며 약간의 동정과 감정에 호소하는 것도 방법이다. 이쯤 설명하면, 웬만한 여성의 경우 이성적인 화는 모두 풀릴 것이다. 이제 남은 것은 감정적인 분노다!

"지금 그게 문제야?"

상대의 답변이 논리적으로 문제가 없을 경우에 등장하는 그녀의 말이다. 물론 지금의 싸움은 '그게 문제일 확률 200%'. 더 화를 내고 싶지만 여기서 더 나가면 역으로 자신이 쪼잔하게 보일 수 있어 나오는 역질문이다. 이 틈을 잡아 그녀가 묵혀둔 다른 문제를 끄집어내고자 할 수도 있으니 주의할 것. 여기에 다시 "정말 네가 뭘 잘못했는지 몰라?"가 결합하면 그녀는 무적의 퐈이터로 진화한다. 그러므로 이 말은 가능하면 나오지 않도록 해야 한다.

여기서 가장 최악의 대처는 이 질문에 다시 논리로 접근하는 것인데, 그 경우 그녀의 폭풍 서러움과 눈물바다만이 당신을 기다리고 있을 것이다. 이 말을 다시 해석하자면, "머리로는 이해가 가지만 아직 나는 서러우니 네가 나를 좀 더 달래줬으면 좋겠어." 정도가 된다. 그녀를 따뜻하게 안아주고, "내가 네게 미안한 것이 많다. 잘해주지도 못하고…." 정도로 자책하면 상황은 거의 종료될 것이다.

"내가 무슨 말 하는지 정말 모르겠어?"

정말 모르겠어도 곧이곧대로 그냥 모른다고 하면 안 된다.

이 질문을 당신이 알아들을 수 있는 언어로 해석하자면 "내가 가장 사과받고 싶은 포인트를 빼먹었어." 정도다. 진짜 모르겠다는 표정은 하지 말고, 위에서 이야기한 대로 자신이 잘못한 점을 다시 되짚어 언급한 뒤에 내가 더 잘못한 것이 있으면 얘기해달라고 조심스럽게 이야기하는 것이 좋다.

"왜 네가 화를 내?"

비슷한 질문으로는 "지금 나한테 소리 지르는 거야?" 등이 있다. 이런 질문이 나오는 것은 당신은 이 상황이 화낼 일이 아니라는 생각이 든다거나, 충분히 사과했는데도 그녀가 받아주지 않아 당신의 어조가 조금 거칠어졌기 때문이다. 당신이 그녀와 서로 잘잘못을 따져 4주 후에 다시 볼 생각이 아니고 그 자리에서 그녀의 화를 풀어주는 것이 목적이라면 그냥 목소리를 낮춰 "화내는 게 아니야."라고 이야기하고 최대한 다정한 목소리로 대화하라.

쓰다 보니 내가 다 억울하긴 한데, 일단 그렇다, 이 상황이.

"됐어, 이럴 거면 헤어져."

왜 이 이야기까지 나오게 되었는가? 물론 정답은 "이러지 않을 거고, 절대 헤어지지 않겠다."다. 일단 이 정답으로 그녀의 마음을 충분히 달래준 이후에 따끔하게 그녀에게 말하라. "그래도 헤어지자는 말은 하는 거 아니야. 앞으로 절대 안 돼." 단숨에 분위기를 전도시킬 수 있는 동시에, 그녀에게 당신에 대한 든든한 신뢰까지 얻을 수 있는 역전 포인트다.

끝판왕, 침묵

어찌할 도리가 없다. 난 화가 났을 때 절대 침묵하지 않고 화를 내는 편이라서 이런 반응을 보이는 여성의 심리상태가 어떤 건지 솔직히 잘 모르겠다. 그래도 같은 염색체를 지닌 여자로서 예상하건대, 첫째 정말 이별을 결심해서 더 이상 말할 가치를 느끼지 못하거나, 둘째 원래 시간을 두고 지켜보는 성격일 것이다. 첫 번째 경우는 사과하고 붙잡을 만큼 붙잡아보는 방법뿐이고, 두 번째의 경우는 시간을 갖되, 그 시간 동안 충분히 반성하고 자숙하고 있음을 행동으로 보이는 것이 중요하다. 가장 어려운 타입의 화해이지만 그래도 이런 성격의 여성일 경우, 웬만한 일에는 싸우지 않는 편이라는 게 그나마 위로가 되려나.

싸움의 끝은 애교 혹은 스킨십이다. 물론 그녀가 화가 덜 풀렸을 때 섣불리 사용할 경우 돌아올 수 없는 강을 건너며 "지금 이럴 때야?" "매번 이런 식이지?" 하는 날카로운 일침을 받을 수 있으니 타이밍을 잘 맞추도록 하라. 남자만큼이나 여자도 애교에 약하다. 특히 분위기를 반전시키는 애교는 시종일관 굳은 표정이던 그녀의 광대도 들썩이게 할 수 있다. 어떻게 애교 부리냐고? 글로 배울 셈인가? 당신이 시키지 않아도 그녀에게만 보여주던 그 애교, 둘만 소곤소곤 나누던 애칭과 이야기. 그것이 필요하다는 거다. 스킨십의 경우는 더더욱 내가 가르쳐주지 않아도 되겠지! 갑자기 자빠뜨리라는 건 아니고(물론 그녀가 그런 취향이라면 취존) 당신이 평소라면 절대 하지 않을, 사람들 보는 앞에서의 뽀뽀나 포옹 정도가 어떨까 추천한다. 민폐가 될 만큼은 물론 안 되는 거 알죠?

여자들이 연인과의 싸움에서 얻고자 하는 것은 이것이다. "다시는 그러지 말고, 상한 내 마음을 달래줘." 이 두 가지 니즈만 충족된다면 싸움은 끝.

근데 내가 다 사과하고 용서를 비는 건데 이게 왜 승리하는 거냐, 나를 낚는 거냐고 화를 낸다면, '지는 것이 이기는 것이다'라는 소심한 답변을 드리겠다. 이 글을 끝까지 진지하게 읽어주고, 더러워도 직접 시도해볼 의향이 있는 모든 남자 독자분께 진심으로 치얼쓰. 논리적이고 냉철하고, 또 귀찮은 것 딱 질색인 당신이 이렇게 막무가내로 져주고 받아주는 이유들, 사실 그녀들도 잘 알고 고마워하고 있다. 대신 감사의 인사를 전합니다. "고맙습니다♥"

．．．．．．

내 남친의
여자 사람 친구,
그 더러운 촉에 대하여

남녀 간 우정, 정말로 가능할까?' 고리짝부터 내려 오던 이 식상한 이야기를 군이 왜 새삼 꺼내 이야기하느냐 하면, 바로 지난 주말에 있었던 일 때문이다.

심리 스릴러가 긴박하게 진행되던 극장 안, 앵앵 대며 울려 퍼지는 여자 목소리. "여보세요오~" 하필 걸리려 작정한 날인지, 내 남자친구의 전화가 저절로 받아진 것이다. 슬픈 예감이라 표현 하기는 너무 아름답고, 왜 더러운 촉은 틀린 적이 없나. 내 앞에서 자신이 내 남친과 10년 지기임을 강조하던 바로 그 기집애였다.

그녀는 이전에도 여러 번 전적이 있었다. 나와 데이트도 마무리할 늦은 밤에 그에게 자주 전화해왔고, 심지어 어떤 날에는 수화기 너머로 말없이 울음만 터뜨리기도 했다.

폭발해 영화관을 뛰쳐나온 나를 붙잡고 남자친구는 절대 아니라며 손사래를 쳤다. 아니긴, 개뿔 뭐가 아닌데? 정말 이렇게까진 하고 싶지 않았지만 그 여자애와의 휴대폰 메신저 대화 내역을 봤다. 아, 썩을. 까도 까도 나온다. 그의 선톡이 없다는 것 하나 빼고는 모든 것이 빡침 포인트였다. 그녀는 시시콜콜한 일들로 잦은 연락을 이어왔고, 심지어 비타민이나 숙취해소음료, 자양강장제 등을 기프티콘으로 보내오기도 했다.

그러나 아직도 남은 보스몹. 그 둘은 내게 거짓말을 하고 만나기까지 했다. 그날 남자친구는 내게 오랜만에 지방에서 친구가 왔다고 했다. 여자의 타고난 촉일까. 그날 나는 기분이 뭔가 이상했다. 하지만 쿨하고 싶어, 잘 놀고 집에 갈 때나 연락하라 해줬다. 아, 그랬다. 내가 호구였다! 나 몰래 만나던 화이트데이가 가깝던 그 주말, 그녀는 여자친구가 싫어하면 말하라고, '우리'는 다음 주에 또 보면 된다며 친절도 베풀었다. 지금 이곳에 그 짓거리를 모두 설명할 수는 없지만, 그녀의 말들은 '친구'의 것이 아니라 분명 '여자'의 것이었다. 전문용어로는 '끼 부림'. 더 이상 무슨 설명이 필요할까. 그 자리에서 커플링을 빼 던졌다. 그제야 사태의 심각성을 깨달은 남자친구는 변명을 늘어놓았다. 애는 절대 여자가 아니라는 어디서 많이 들어본 멘트까지.

동성 친구와 달리 이성의 친구만이 주는 감정적 유대와 특별한 친밀감이 있다는 것은 부정하지 않겠다. 하지만 그것을 왜 굳이 연인이 아닌 이와도 나누어야 하는지 나는 도저히 알 수가 없다. 이 문제에 관해서는 여러 의견이 있고, 내가 알지 못하는 부분도 있으니 단정 지어 말하지는 않겠다. 그러나 단 한 가지는 힘주어 말할 수 있다. 내가 사랑하는 이가 상처 받거나, 괴로워하는 것을 감수하고라도 유지되어야 할 엿 같은 관계는 결코 있을 수 없다는 것. 친구를 버리라는 말은 아니다. 대신 그 우정의 적절한 정도와 수위는, 당신의 연인과 그의 이성 친구 사이를 떠올렸을 때 스스로 용인할 수 있는 만큼임은 기억하자. 배려 받아야 할 0순위는 당신의 연인이다.

이후, 남자친구는 내가 납득하고 마음이 풀릴 만큼의 사후 처리를 했다. 그래도 또 연락할 수 있겠고 애초에 받아주지 않았으면 일어나지도 않을 일 아닌가 싶어 화도 났지만, 기왕 한 번 믿어보기로 한 것이니 더는 의심하지 않기로 했다. 그래도 내 마음은 아직도 불쑥불쑥 롤러코스터처럼 분노가 터졌다가, 평온해졌다가, 다시 미칠 것 같다가를 반복하며 괴롭고 또 아팠다.

아마 억울하다 떠들지 모르는 그녀에게 바라건대, 너도 '딱 너 같은 '찜찜한 이성 친구'가 있는 '우유부단한 남자'랑 꼭 연애해라. 그래서 꼭 너른 마음으로 두 년놈들을 교양 있게 품어보길. 너 이 새끼 파이팅!

평생 여자,
평생 로맨스

남자들은 정말 어린 여자를 좋아할까? 너무 당연하고 뻔한 질문이 아니냐고? 그럼 이건 어떨까? 어린 여자와 예쁜 여자 중 남자들은 어느 쪽을 더 좋아할까?

예쁘지도 어리지도 않은 내가 쓸데없이 이런 궁금증을 갖게 된 이유는 내가 아는 어떤 미녀분이 했던 얘기 때문이다. 내 지인 중 평생 미인 소리를 들으며 살아온 짜증나게 부러운 분이 있다. 어딜 가든 주목을 받고, 누구에게나 환영을 받는 여신의 일생을 살아온 분. 올해 40대 중반을 가열차게 지나고 있으며, 가정을 꾸린지도 오래되어 이미 누릴 것은 다 누려본 것 같은 그분이 어느 날 내게 이런 이야기를 했다.

"언제부턴가 남자들이 나를 여자로 보지 않더라. 외모는 내가 훨씬 나은 것 같은데도 나이 어린 애한테 환호하더라고. 지금은 괜찮은데, 한동안은 아무리 안 예뻐도 그냥 어린 여자들만 보면 막 화가 나고 미웠어."

사실 조금 충격이었다. 이건 너무 지나친 욕심이 아닌가 하는 생각도 들었다. 누구는 평생 한 번도 여신 소리 못 듣고 사는데 말이다. 솔직히 가정도 있으니 이제 현역에서 떠나도 되지 않나 싶기도 했다. 그런데 그분 얘기를 들으며 곰곰이 그 마음을 헤아려보니 이게 조금이 아니라, 굉장히 슬픈 거더라.

내가 예쁘냐 안 예쁘냐, 혹은 내가 그 사람의 취향이냐 아니냐를 떠나서, 내가 더 이상 남자들에게 '여성'의 존재가 아닌 상황이다. 그런 상황을 상상해보니 마치 '엄마'도 여자라는 사실을 문득 깨닫고 엄청 미안하고 황망했을 때의 기분이 들었다. 내가 다시는 누군가에게 설레는 존재가 될 수 없다는 것, 내 인생에 더 이상 로맨스나 연애는 없다는 것이 아닌가. 여태껏 나를 있게 한 '여자'라는 달콤한 포장이 어느새 사라져버렸음을 느끼게 되는 날의 기분은 어떨까?

예쁘게 차려입고 나온 날에 당연한 듯 누리던 시선들을 다

시는 경험할 수 없게 된다면, 서로를 애달아하며 바라보던 그 순간들이 다시는 오지 않는다면 어떨까? 아무 준비도 없이 찾아올 그날에 나는 어떤 생각을 하며 버텨야 할까?

여자는 육십이 돼도, 팔십이 돼도 그냥 여자다. 엄마도, 이모도, 우리 할머니도 다 겪었고 경험해봤을 거다. 헤어짐이 아쉬워 추운 날 지하철 역사에서 몇십 분씩 시간을 보내다 헤어지던 그날들, 사랑하는 이와 몇 번이고 다짐했던 둘만의 작은 약속들, 영원할 수 없는 그 달콤한 순간들을 그녀들도 지나왔을 것이다. 너무나 중요한 역할과 책임을 맡으며 당연한 듯 포기하며 살았지만, 어느 날 문득 그녀들도 몸서리치게 그날들이 그리울 것이다. 그녀들도 여자였으며, 지금도 여자니까.

나이도 들었으니 이제 여자로서 '현역'을 떠나도 되지 않을까 하는 나의 생각은 크게 잘못된 것이었다. 그게 단순히 한 남자를 놓고 벌이는 경쟁에서 이기기 위한 종류의 가벼운 사안이 아니기 때문이다. 한 사람에게 나이 먹었으니까 이제 당신은 당신으로 살지 말라는 이야기를 너무나 당연하게 했던 것이다. 언젠가 나도 겪게 된다면, 너무나 서럽고 서글퍼질 그런 순간에 대해서 나는 조금도 배려가 없었음을 고백한다.

페이스북과 트위터로 간단하게 설문조사를 해봤다. 여신급 40대 여성과 완전평범 20대 여성 중, 어느 쪽에 더 매력을 느끼는가? 결과는 예상한 대로 2:8 정도로 평범 20대녀의 우세였다. 40대 미녀 여배우를 예로 들었음에도 결과는 같았다.

우리가 느끼기에는 나이보다 외모나 매력이 그 사람을 더 잘 보여주는 요소 같은데, 남자들에게는 '나이'가 무시할 수 없는 큰 요소인 모양이다. 역시 예쁜 년보다 어린 년이 더 무섭다는 그 말은 어느 정도 진리였던 셈이다.

평생 여자이고 싶고, 로맨스를 꿈꾸는 우리에게는 참 서글픈 이야기다. 남자들이 어떻게 생각하든 나는 당당하고 주체적으로 여성의 삶을 살겠다 다짐해봐도, 여자로서 매력을 터뜨리고 내뿜는 상대가 남자들이니 남자들 머릿속을 어떻게 할 수도 없는 노릇이다. 하지만 혹시나 어딘가에 한 명은 있겠지. 매년 생겨나는 스무 살들보다 지금의 나, 더 나이든 나를 매력적인 여자로 보아줄 한 사람이 있기는 있으리라. (없으면 교육시켜 만들어내리라.) 개떼 같은 무수한 남자들의 시선을 저 스물 몇 살짜리 애가 다 독차지할지라도, 내게 눈길을 주는 그 한 사람, 그런 한결 같은 사람이 있다면 우리는 오늘도, 몇 십 년 후에도 늘 여자로 달달하고 수줍게 살 수 있을 것만 같다. 필승 로맨스. 죽을 때까지 여자로 살고야 말겠다. 연애는 세상에서 제일 예쁜 것, 나이가 들어도 그 진리는 영원하니까.

평생 여자이고 싶은
어쩌면 당신의 이야기

Chapter 02

구여친 이별 상담소

"나, 그 애하고 헤어졌어."

이것은 소환 마법 주문이다. 바쁘게 일에 치여 사느라 얼굴 보기 힘든
친구들을 모두 한자리에 모을 수 있는 몇 안 되는 소환 주문. 내가 이
곳에서 함께 하려는 이야기도, 그런 것이다. 바로 언젠가 당신이 한
번쯤은 외웠을 이 소환 주문에서 시작된 것이다. 크림 가득한 파스타
든, 쓰고 달콤한 소주든 다 좋다. 각자의 취향대로 자리 잡고, 일단 앉
아보시라.

......

구여친,

시작

　　오후 시간이었다. 말짱하게 보고서를 쓰고, 업무 전
화를 받고, 팀장님 잔소리를 듣다가 문득 맡은 공기가 너무 이상했
다. 멀미처럼 속에서 물컹물컹 올라왔다. 나는 잠시 동안 어리둥절
해했다. 하지만 곧 그 정체를 알아챘다.

　　어느 날인지 기억도 어렴풋하던 그날, 그 애를 만나러 나가
던 토요일의 그 공기였다. 얼른 보고 싶고, 얼른 만나 내가 오늘 얼
마나 예쁘게 하고 나왔는지를 그 애에게 종알대고 싶던 그날이었
다. 현관에서 운동화 끈을 묶으면서부터 쉴 새 없이 두근대고 설레

던 그날의 그 공기, 그날의 기분이었다. 그 봄날의 냄새였다. 그 알 수 없는 그것들이 갑자기 내 속에서부터 이유도 없이 훅 올라왔다.

대학 시절 컴컴한 기숙사 침대에 처박혀 서럽게 울며 견디던 지난번의 이별이 차라리 나았다. 나는 멀쩡히 아무 일도 없는 듯이 회사 전화를 받고, 상사에게 보고서를 내고 거래처에 팩스를 보내야 했다. 내 안에 덥고 진득한 진물이 잔뜩 올라왔는데도 나는 눈물 한 방울 흘릴 수 없었다. 어른 껍데기를 쓰고 이별을 맞기란 정말 더럽게 어려웠다.

2013년 1월 1일 정초부터 뻥 차이고도 멀쩡히 잘 지내던 나는, 그날부터 그와의 이별을 다시 생각하기 시작했다.

......

구여친은
속았다

_순간의 진심, 그리고···

네게 마음을 열던 그 순간을 떠올리면 나는 지금도 억울하고 조금 분하고 슬프다.

차도 없고, 택시비도 넉넉지 않던 그 애는 꼭 함께 버스를 타고 걷고 걸어서 나를 집에 바래다줬다. 그때 나는 왠지 집에 남자친구가 있다는 말을 하기가 싫어서 그를 꽁꽁 비밀로 하느라 집 앞까지 오지도 못하게 했었다. 그래서 그 애는 매일같이 나를 데려다주면서도 서로 모르는 사람처럼 멀찍이 있어야 했다. 사실 그때까지만 해도 나는 그를 별로 좋아하지도 않았으니까 그 애가 나를 지켜보는지 그대로 집에 가는지 관심도 없었다. 그러니 사귀고 두어 달이 지난 그날까지 단 한 번도 집에 가면서 뒤돌아 그 애 쪽을 바라본 적이 없었다.

근데 그날은 왜였을까? 여느 때처럼 내 마음대로 내 성질대로 그 애를 휘두르며 만나고 들어오던 그 길에 나는 문득 뒤를 돌아봤다. "안녕, 잘 들어가!" 인사하고 한참이 지났으니까 당연히 아무 기대도 없었다. 바보도 아니고 상대가 보지도 않는데 기다리고 서 있는 건 이기적이고 못되어 먹은 내 상식으로는 있을 수 없는 일이었다.

그런데 내가 뒤돌아본 순간, 그 자리에는 거짓말처럼 그 애가 있었다. 그것도 팔을 높이 들고 휘적휘적 힘차게 손을 흔들며 인사하고 있었다. 그 몇 달이 지나는 동안 난 다른 여자들처럼 다정스레 다시 뒤돌아보며 인사해준 적도 없었고, 그저 고개를 돌려 쳐다본 적도 없었는데, 그 애는 그동안 아무 기대 없이 한 번도 뒤돌아보지 않던 내 뒷모습에 대고 그렇게 혼자서 열심히 인사해주고 있었던 거였다.

그걸 보는 순간 나는 귓가에서 딩- 하는 소리를 들었던 것 같다. 그 짧은 한순간에 나는 마음이 모두 열려버렸다. 나도 놀랄 정도로 그냥 항복해버렸다. 그리고 생각했다.

'애는 나를 정말 좋아하는구나.'

더운 공기가 훅 하고 전해지던 그 여름밤에 땀이 배어나도록 내게 손을 흔들던 그 모습, 내가 뒤돌아보니 너무 놀라면서도 더 높이 더 크게 손을 흔들던 모습, 바보처럼 웃고 있던 그 애의 표정. 아직도 생생하다, 서글프게도.

세상 모두가 변해도, 정말로 그 애는 변하지 않을 줄 알았다.

나는 속았다. 그 순간만은 진심이었을 너에게 속았다. 너는 변하지 않는다고 말하지 않았는데, 그 순간에 나를 정말로 좋아한다고 한 것뿐인데, 바보같이 나는 영원이라고 생각하고 속고야 말았다.

그것이 나는 아직도 억울하고 조금 분하고, 그리고 슬프다.

．．．．．．

이별이 다가온 순간,

우리가 겪게 되는

것들

　　　사소한 일에 다툼이 잦아지고, 자꾸 싸우니까 서로
이야기를 하지 않게 되고…. 그렇게 마음이 욱신거려도 자존심 때
문에 먼저 연락하지 않는다. 그러다 보니 잠자리에 들 때가 돼서야
하루 종일 서로 연락을 하지 않았다는 것을 알게 된다. 서로가 싫
어진 것이 아닌데, 분명히 우리는 정말 사랑했는데, 지금 우리 마
음은 어디쯤에 와 있는 걸까?

미련한 노력

내가 이렇게 서운하고, 조금씩 그 티를 내는데도 그는 꿈쩍도 않는다. 전처럼 신경 쓰지 않는다. 내가 잘못한 일이 아닌데도 자꾸만 그의 눈치를 살핀다. 내가 무언가 말할라 치면, 그가 또 눈살을 찌푸리고 나를 귀찮아할까봐 움츠러드는 것이다. 그렇게 그 관계에서 을이 되어버린 우리는 바보같이 스스로를 타이른다. 자기가 받은 상처는 모른 체하고 자꾸만 자신을 다그친다.

'내가 뭔가 잘못한 게 있겠지. 아, 그때 그 일은 내가 생각해도 잘못했어. 그래서 그가 이러는 거겠지. 내가 서운해할 때가 아니야. 더 잘해줘야지.'

'그가 이제 나를 사랑하지 않는구나.'라는 결론만은 피하기 위해 이 모든 미련한 노력들을 시작한다. 그런데 이 노력의 결과를 우리는 정말 모르는 걸까? 잘 안다. 이때 발휘되는 우리의 순정과 헌신은 애꿎은 벽만 치고 튕겨나올 뿐이다. 나는 연애의 모든 과정 중에서 이때가 가장 슬프고 아프다.

미안한 거 말고, 사랑하느냐고

그렇게 숨 죽여 조심하며 눈치를 보고, 기분을 맞춰주던 나도 결국에는 폭발한다. 서러움에 북받쳐 울면서 그에게 따졌다. 내가 무얼 잘못했냐고, 다른 사람이라도 생긴 거냐고, 이제 날 사랑

그저 이제는 없을 뿐이다.
나를 웃게 해주고, 나를 만나려고
애쓰고 안달했던 예전의 그는 이제 없다.

하지 않는 거냐고, 이럴 바에 우리 그만하자고 퍼붓는다. 그는 대답한다.

"모르겠어. 미안해. 미안해."

그의 이 대답은 다른 여자가 있다는 이야기보다도 나를 더 절망하게 했다. 그가 나를 사랑해서가 아니라 나에 대한 의리를 지키고 있다는 생각이 들어서 더욱 비참했다. 미안할 게 뭐가 있는데? 나는 그게 궁금한 게 아니었다. 나를 사랑하는지가 궁금할 뿐이었다. 그걸 대답해주길 바랐다.

누구의 잘못도 아니라서 더 열 받는다

빈틈없이 행복하기만 했고 이번에는 영원이라 믿었던 우리도 서서히 끝에 다다랐다. 내가 서럽게 울며 붙잡는다고 해결될 일이었다면, 10여 년 전 H.O.T.도 해체하지 않았겠지. 다정하게 날 바라봐주고, 따뜻하게 내 손을 잡아주던 그의 마음을 의심하고 싶지는 않다. 나는 안다. 그는 최선을 다해서 나를 사랑해주었다. 그저 이제는 없을 뿐이다. 나를 웃게 해주고, 나를 만나려고 애쓰고 안달했던 예전의 그는 이제 없다.

다시 쥐어보려 해도 손가락 틈새로 빠져나가는 마음들을 느낄 때, 아프게 숨겨둔 내 진심이 묻혀질 때, 오랜만에 만난 그가 내게 반가움보다 피곤함을 내비칠 때 우리는 안다. 또다시 이별이 다가왔음을. 모든 아픔은 시간이 해결해준다지만, 잃어버리고 떠나보냈던 내 사랑들은 다 어디로 가 있는지, 가끔은 아깝고 허무하기도 하다. 다 잊힐 기억이고 난 다시 괜찮아질 거라는 사실을 알지만 나도 모르게 눈물이 나고 화도 난다. 왜 내 연애는 항상 이럴까? 원망스럽고 심술이 난다. 아무리 마음을 고쳐먹으려 해도 잘 안 된다. 당연하다. 썩을, 내가 언제부터 쿨했다고. 지금 내 사랑이 끝났다는데 엘사 마냥 렛잇고 하고 우아 떨고 앉았을 수는 없다.

이제는 괜찮아지는 것도 싫다. 내가 아프지 않기 위해, 내가 했던 사랑을 애써 묻어버리고 사랑했던 사람들을 남처럼 만들며 살아야 하는지 모르겠다. 억지로 쿨해지고 담담해지지 말자. 아파하자. 울자. 베갯잇을 눈물로 적시며 소리 내어 울자. 또 언젠가는 이 사랑도 잊어버리고 말테니까. 이별이 다가온 순간, 내가 했던 그 사랑을 조금 더 기억해주자. 우리가 할 수 있는 일은 그것뿐이다.

......

구여친의
구는
비둘기 구야?

구여친과 비둘기의 공통점

우리는 지금 모두 비호감이고, 지금 모두 구질구질하다.

그리고 아주 예전에는 이런 모습이 아니었다는 것까지….

나는 그에게 세상에서 가장 사랑스러운 여자였고,

심지어 비둘기는 평화의 상징이었다.

구여친은 비둘기로다.

......

머리를

자르고…

그 애는 내 긴 머리가 좋다고 했었다. 내가 충동적으로 남자애 같은 커트머리를 하고 나타났을 때, 그 애는 놀란 듯 한참 쳐다보다 너털웃음을 지었다. 그런데 그 애와 내가 소원해지기 시작한 것도 하필 그즈음부터였다. 그래서 나는 그 애의 마음이 변한 건 내 머리 길이 때문일 거라고, 멋대로 생각해버렸을지도 모른다. 그 애와 헤어지고난 뒤로 한 번도 자르지 않은 머리카락은 어느새 어깨 아래로 길게 내려왔다. 봄 핑계를 대며, 나는 짧게 머리를 잘랐다. 시원하다. 뒷목도, 내 마음도. 나는 이제 그 애가 그립지 않다.

나는 이제 그 애가 그립지 않다

......

구여친은

기억력이 좋다

-나는 아직도…

"사랑은 그토록 짧고,
망각은 길기만 하다.."

칠레 시인 파블로 네루다는 이렇게 노래했다. 하지만 내게 망각은 언제 찾아오는 것일까? 아직도 나는 그를 처음 만난 날에 그가 썼던 안경테 색깔을 기억하고, 고백하던 날에 그의 진지한 눈과 떨리는 목소리를 기억한다. 점점 짧아지던 그의 무심한 문자 메시지를 기억하고, 헤어지던 날에 처음 봤던 지겹다는 표정도 아직 생생하다.

......

이별한

그녀의 상태

알고리즘 분석

결국 모든 감정은 분노로 수렴되곤 한다.

나만 이런 거야?

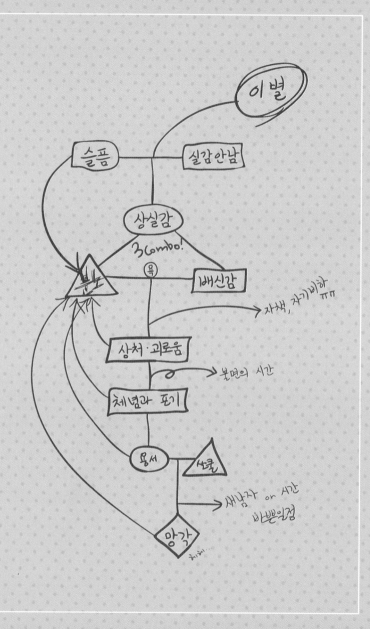

구여친의
SNS는
처절하다

추억의 미니홈피

　미니홈피 제목도, 배경도 모두 없앤 후 '나 죽었소' st.로 꾸미는 것이 정석이며 가끔 다이어리에는 의미심장한 한마디를 남기는 것이 포인트. 물론 BGM까지 맞아떨어져야 구여친 미니홈피의 완성. 하지만 요즘 미니홈피는 거의 소셜의 수단에서 멀어진 지 오래다. 내 경우 미니홈피는 그저 가끔 구남친 얼굴이 생각 안 날 때 들어가서 가끔 구경하는 용도로 쓰인다.

페이스북

'구여친 님은 싱글입니다.' 즉각 즉각 페북에 티 내는 게 찌질하다고? 하지만 당할 바에 내가 먼저 하는 게 낫지 않겠나. 망할 페북은 연애중이니 뭐니 그런 거 왜 만들었는지 모르겠다, 정말.

트위터

페북은 실제 인맥이 엮여 있다면 트위터는 그보다 자유롭다. 그야말로 내 감정을 그대로 뱉어낼 수 있다는 것이 장점이다. 헤어지고 어디다 하소연할 수도 없던 때, 트위터는 그야말로 고마운 대나무 숲이었다.

인스타그램

요즘 대세는 인스타. 헤어진 후, #럽스타그램 해시태그가 붙은 모든 핑크핑크한 사진들이 저멀리 사라져간다. 갑자기 비공개 계정이 되거나, 혹은 오히려 비공개 계정이 공개 계정으로 바뀐다. 나 엄청 잘살고 있음! 광고해야 하니까.

......

구남친까기

인형

나는 내가 생각해도 좀 유난을 떤다. 억지로 이름을
붙이자면 '선천적 감정 엄살쟁이'랄까. 그중에서도 특히 이별을 하
고 나면 나는 참 호되게 앓곤 했다. 이별 후 너무도 다양하게 밀려
오는 감정과 상처들은 이별이 반복되어도 늘 똑같이 아팠다.

영원히 달콤하리라 기대했던 연애들이 지나간 대가는 참
무거웠고 때론 잔인했다. 그것들은 추억이라는 이름으로 수많은
불면의 시간과 눈물들을 만들었고, 예고도 없이 불쑥 찾아와 시시
때때로 나를 무너뜨리곤 했다. 나는 진심으로 그의 행복을 빌다가

도 그가 보인 마지막 모습이 떠올라 슬픔에 빠지고, 그가 내게 주었던 사랑을 고마워하다가도 이제 그걸 딴 여자한테 하겠지 싶어 미친 듯 쌍욕이 터지기 일쑤였다.

그리고 그 오락가락한 감정 기복이 이어져 최고로 바닥 상태였던 어느 날, 세상에서 제일 의미 없고 비겁하다는 '구남친 뒷담화'를 글로써 남기기로 했다. 사귈 때에는 넘치는 아가페 사랑으로 부인하려 애썼지만, 이제 와 생각하면 너무도 거슬려서 참을 수가 없는 그들의 허접함은 이랬다.

에라이, 마마보이 새키

나도 물론 부모님 공경하고 어른한테 잘하는 사람이 좋다. 그래야 심성이 곱겠지. 그런데 정말 다 이해해도 이것만큼은 싫었다. 바로 데이트할 때마다, 통화할 때마다 나오는 "우리 엄마가…" 드립. 아무리 엄마가 아들에게 쏟는 애정이 조금 더 진하고 특별하다는 것을 감안해도 그는 좀 정도가 심했다. 그는 내가 하는 말투, 내가 입은 옷차림을 자기 엄마가 어떻게 생각할지를 먼저 이야기했다. (꽉씨!) 데이트 코스는 물론, 심지어 귀가 시간까지도 그는 엄마에게 물어 결정하곤 했다. 그가 하도 떠들어대서 나는 그 아줌마 얼굴을 본 적도 없는데, 왠지 그분의 향수 냄새가 어떨지도 알 것 같았다. 나중에는 그가 내게 아무리 감동 어린 선물을 건네도,

그 선물에 그의 엄마의 '맘스터치'가 한껏 배어있을 것이란 생각을 지울 수 없었고 곧 감동은 알 수 없는 두려움으로 변했다.

엄마 말이 진리인 건 나도 안다. 하지만 나는 너희 엄마가 아니라 너랑 연애하고 싶은 거였고 너를 알고 싶었다. 당연히 그리 길게 만나지는 못했던 마마보이 구남친에게 그때는 차마 하지 못했던 이 말을 꼭 전해주고 싶다. "오빠, 그 나이 처먹고 엄마, 엄마 할 때마다 겁나 쪼다 같았어. 유아 쏘 노답. 넌 그냥 평생 독거해라. 괜히 말짱한 여인네 데려다 영화 올가미 찍지 말고."

에라이, 그지 새키

나는 순정 만화와 멜로 영화, 드라마를 즐겨 보던 소녀였다. 그래서 언젠가 응당 내게도 왕자님은 찾아오고, 그는 내게 아 묻따 조건 없는 사랑을 쏟아부어주리라 꿈꿨던 적도 있었다. 하지만 그런 왕자님은 상상 속에 존재할 뿐이었다. 내가 겪은 겁나 거친 현실에 비추어보자면 그 순정 만화는 〈해리포터〉나 〈반지의 제왕〉보다 더 황당무계한 판타지 그 자체였다. 남녀가 오지게 평등하다고 (말만) 겁나 생색내는 세상에서는 말이 안 되는 일이다. 그래, 이해는 한다. 세상 살기 팍팍한 게 어디 여자에게만 해당되는 얘기이겠는가. 남자들이 느끼는 부담은 더했으면 더했지 덜하지는 않을 거라는 것도 안다. 그래서 겁나 얄밉지만 남자도 결혼할 때

손해 보기 싫고, 기왕이면 여자 덕도 좀 보았으면 하는 마음도 이해는 간다. 세상이 거지 같은데, 누구 탓을 하겠는가. 근데 적어도 네가 사랑한다고 말하는 여자한테는 그런 티를 안 내는 게 연애의 기본이자 매너 아닐까.

어쩌다 나온 부모님 자산 이야기. 우리 집은 절대 부자도 아니고, 더군다나 내 남편까지 덕볼 만큼의 자산은 (젠장) 없다. 그런데 퇴근 후 만나 내내 흐릿한 눈으로 대화하던 그가 그 순간에는 왜 그렇게 생기를 띠고 눈이 반짝였는지. "그러니까 아버지가 거기에 땅에 있으시다는 거지?" 하면서 내 위로 오빠가 있어도 내가 주장하면 반은 거뜬히 받을 수 있다고 신나서 얘기하던 그의 모습은 정말이지 그 무엇보다도 흉물스러웠다.

에라이, 츄리닝 성애자새키

그와의 만남을 위해 준비하는 시간은 내게 연애하는 가운데 가장 신나고 설레는 순간이었다. 나는 그다지 뛰어난 미녀가 아니지만, 날 세상에서 제일 예쁘다고 말해주는 사람이 있어서 참 행복했다. 그래서 열심히 꾸며서 그에게 가장 예쁘게 보이고 싶은 마음에 떨리고 두근거렸다. 그런데 매번 그렇게 열심히 나름의 콘셉트까지 맞춰 예쁘게 하고 나간 나를 맞이한 건, 그의 대책 없이 해맑기만 한 표정 아래로 보이는 '츄리닝'이었다. 그때마다 내 귓가

에는 '띠로리' 하는 음향 효과까지 더해졌다. 도대체 나를 사랑한다고 내가 귀하다고 말하면서 왜 옷은 그따위로 입는 건지 도대체 알 수가 없었다. 왜 그래요?? 왜죠!! 남자들 뇌에는 여친과의 티피오(T.P.O)란 존재하지 않는 것인가? 그의 마음은 의심하지 않지만 적어도 그의 성의와 센스는 의심스러웠다. 남자는 어떨지 몰라도 여자는 사랑하는 남자와 그저 '편한' 시간을 보내고 싶지는 않다는 걸 왜 모르는 걸까! 그는 우리가 헤어지기로 하고 만났던 마지막 날에도 츄리닝을 입고 나왔다. 그 순간 나는 정말 그의 츄리닝을 다 찢어발기고 싶었다. 혹시 그가 츄리닝 성애자는 아닐까 하는 생각도 들었다. 나는 그날 이후로 차라리 나팔바지에 뾰족구두를 신고 나오는 남자를 만날지언정 츄리닝 입고 나오는 남자는 절대 만나지 않겠다고 다짐했다.

방언 터지듯 뒷얘기를 하고 나니, 시원하기보다는 씁쓸한 마음 반, 쪽팔린 마음 반이다. 그래도 변하지 않는 짠내 나는 사실은 저 치명적 단점들조차 모두 내가 사랑했던 이의 것이었다는 것. 어쩔쏘냐. 심지어 저래도 사랑했는데 날 떠나다니, 멍청이들. 그래도 나도 여기에 다 털었으니 이제 쿨하게 잊어버려주겠다. 구남친들아, 너네도 저 단점들 모두 사랑스럽게 봐주는 눈 삐고 호방한 여자 만나 잘 살아라.

......

버릴 것,

버리지 말 것,

버릴 수 없는 것

이별한다는 것은 연애할 때만큼이나 엄청난 에너지
를 필요로 한다. 겨우 그 아픈 결정을 받아들이고 나면 정리해야
할 것들이 산더미다. 베개에 얼굴을 묻고 울다가 지쳐 문득 고개를
들어 바라본 내 방안에도 정리해야 할 물건들이 한가득이다. 요망
한 것들 같으니. 물건은 그저 물건이건만, 왜 너마저 나를 아프게
하는 거냐. 헤어지고난 뒤 그저 속수무책, 그 아픈 것들을 마냥 끌
어안고 있을지도 모르는 당신에게 오늘 이야기가 도움이 되면 좋
겠다.

버리지 말 것

그에게 받은 선물이 명품이라면? 당연히 그걸 왜 버리나. (있다면 말이다. 하지만 난 명품은 받은 기억이 없지, 허허) 그 외에 요긴하게 자주 쓸 수 있는 것은 버리지 마라. 연인 사이에 주고받은 것이 어디 크고 비싼 물건만 있겠는가? 작고 사소한 물건들도 꽤 있다. 내 첫 자취방에 그가 달아준 벽시계나 만나러 가는 길에 눈에 띄어 사온 양말, 함께 듣던 음악 CD……. 그런데 어느 날 그 물건이 필요해질 때, 그때마다 어김없이 그가 떠오른다. 그런 것들은 몽땅 버린다면 오히려 나중에 후폭풍 세게 맞는다. 그런 물건은 그와의 추억보다 그냥 내가 쓰는 물건, 내 것으로 인식해버려라. 그게 낫다.

과감히 버릴 것

쓸모보다 추억이 강한 것은 버려라. 그가 뽑아준 인형, 그 애랑 같이 샀던 장난감, 그에게 처음으로 받은 꽃다발. 과감히 버려라. 그것들은 분명히 눈에 띌 때마다 마음을 쓰리게 만들 것이며, 마음이 다 식은 이후에는 정말로 쓰레기처럼 여겨질 것이다. 어느 쪽이든 최악이다. 차라리 지금 마음 아파하며 버리고, 그 후에는 정말로 잊자.

그래도 버릴 수 없는 것

아직도 미련퉁이처럼 끌어안고 갖고 있는 것이 있다. 멍청이 같지만 나는 정말 손편지만은 못 버리겠다. 글씨를 잘 쓰지 않는 둔하고 무뚝뚝한 남자애가 꾹꾹 눌러 적은 그 편지들만은 내가 그 애를 아무리 잊어버리고, 마음이 식어도 혹은 그 편지들 때문에 마음이 찢어져도 절대로 버리지 못할 것 같다. 그의 마음이 이미 편지를 다 쓴 시점부터 흘려 날아갔다 해도, 못 버리겠다. 나중에 시집갈 때가 되면 혹시 버릴 수 있을까. 당신은 어떤가? 버릴 수 있겠는가? 정말 궁금한 것, 그 애는 내 편지들 다 버렸을까?

그동안 그와 함께 쏟았던 그 감정들만큼이나 우리에게는 남아 있는 것들이 많다. 정말로 귀찮다. 마음 다잡기도 힘들어 죽겠는데, 그 뒤처리를 직접 내가 해야 한다니, 인생은 정말 실전인가 보다. 더러워도 해야 한다. 하지만 끝나긴 끝날 거다, 이 모든 것도. 힘내자, 우리. 시간은 정말로 약이니까.

......

잘

지내니?

그는 잘 지내겠지? 어떻게 지낼까?

괜히 마음이 싱숭생숭, 아련아련해지는 밤.

그래도 찾아보지 말자.

너무 잘 살고 있으면

빡치니까.

......

생각해보면

나도

나쁜냐

　온 세상 발라드가 다 내 노래가 같은 밤이 있다. 또 괜히 마음이 착착해진 그 밤, 나는 구남친의 근황을 수사하는 대신 지난 연애 속의 나를 되돌아봤다. 그러고는 생각했다. "나, 나쁜 × 였구나." 뜨겁게 연애하던 그때, 혹시 당신도 나와 같지 않았던가? 오늘 당신도 마음이 울적한 밤이라면, 당신의 지난 연애를 조금 다르게 추억해보면 어떨까.

다 네가 하는 거야, 몰랐어?

좋은 건지, 나쁜 건지는 알 수 없지만 대다수의 남자들과는 다르게 여자는 데이트할 때 하던 것들을 동성 친구들과도 충분히 해낼 수 있다. 맛집과 예쁜 카페를 찾아가고, 영화를 보고, 전시회를 가는 것들을 헤어져도 말짱히 할 수 있다는 얘기다.

억지춘향으로 끌려왔던 구남친들과 달리 친구들은 감성도 취향도 잘 맞았다. 그래서 참 좋았다.

그런데 친구들과 있을 때 문득 문득 드는 생경한 느낌들은 나를 꽤나 불편하게 했다. 특히 지금 막 연애를 시작한 친구와 함께 있을 때는 더했다. 내가 참 좋아하는 그 친구가 어라? 조금 이상했다. 카페에 가면 당연한 듯 안쪽 편한 소파에 자리를 잡고, 전시회에서 표를 교환한다든지, 식당에서 물을 떠온다든지 하는 상황에서 당연한 듯 공주처럼 가만히 앉아 있었다. 이것은 내가 연애하던 때에는 결코 알아차리지 못하던 것들이었다. 나도 그랬을 테니까. 친구를 욕하자는 게 아니다. 그냥 그들은 남친이 해주는 배려들에 익숙해져서 그 습관이 무심코 나온 것뿐이리라.

연애하던 때의 내 모습들이 주마등처럼 스쳐 지나갔다. 난 구남친에게 더했으면 더했지 결코 덜하지 않았다. 더 얄밉고 깍쟁이처럼, 그 모든 배려를 받고 누렸다. 공주 대접을 받으면서도 고마운 줄 몰랐다. 남친도 귀한 자식이고 그냥 사람인데, 더 편안한 자리 앉고 싶고 자신도 편하게 배려받고 싶지 않았을까. 그제야 그게 되게 미안해지더라.

게임 당장 안 꺼? 근데 나 드라마 봐야 하니까 이따 통화하자

아직도 기억한다. 디뭐시기 게임 3탄이 나오던 날. 게임하는 남자 싫어한다는 내 말에 반년을 넘게 일코(일반인 코스프레)를 해오던 구남친은 자신이 사실 지독한 겜덕이었음을 내게 조심스레 고백했다. 그리고 덧붙였다. 그 새로운 디뭐시기 게임을 꼭 해 봐야겠다고. '게임하는 남자=폐인, 중독자'라는 공식을 맹신했던 나는 당연히 불같이 화를 냈고 참 많이 싸웠다.

내가 하도 싫어하는 바람에 그는 그 좋아하는 게임을 정말 가끔씩만 했지만, 그마저도 싫어서 나는 그를 아주 많이 괴롭혔다. 당장 게임 끄고 집에 가라고 화내기 일쑤였고, 여성가족부마냥 게임의 폭력성과 악영향에 대해 미주알고주알 잔소리를 늘어놓았던 것 같다.

하지만 이제 와 되돌아보건대, 내가 그를 그렇게 괴롭혔던 건 그를 걱정해서만은 아니었다. 나 말고 무언가에 깊이 빠져 있는 것이 질투 나고 싫었다. 유치하지만 그때는 그랬다. 그리고 이제야 고백하는 나의 얌체짓 하나 더, 나의 성화에 바로 게임방을 나와 잔뜩 주눅 든 목소리로 걸려온 그의 전화를 난 매정하게 끊어버렸다.

〈옥탑방 왕세자〉의 믹키유천을 봐야 한다는 이유로. 그때 그 애는 내가 얼마나 얄미웠을까?

싱숭생숭. 떠올리면 미안하고 후회스러운 일들 투성이다. 왜 내가 너무나 사랑했던 그에게 조금 더 다정하게 해주지 못했을까? 내가 받고 싶었던 애정만큼 나도 그에게 해줄 수는 없었던 걸까? 잔뜩 후회가 밀려왔다. 다음 연애 때는 이해심도 키우고, 화도 좀 덜 내고 잘해주고 싶다. 정말로.

하지만 갑자기 너무 성숙해지지는 않으련다. 원래 연애는 좀 유치해야 제 맛이니까. 애기동자 접신 애교는 아니더라도, 사랑하는 남자 앞에선 조금 어린아이가 되고 싶은 기분은 용서받아도 되지 않나? 숟가락으로 병도 딸 수 있지만, 남친을 만나면 음료수 캔도 못 따는 애기가 되어버리는 그런 거.

......

이별

단신

　　이제 건강이 회복되어 아기를 가질 수 있게 되었다
며 행복한 소식을 전해온 J양. 친구들의 축하인사가 이어지는 가운
데, 그녀는 갑자기 구남친들의 근황이 담긴 그들의 SNS 캡처들을
폭풍으로 보내오기 시작했다. 가장 경사스러운 그 순간, 그녀는 왜
지난 사랑들이 떠올랐던 걸까? 자신의 20대는 모두 후회로 얼룩
졌다며 짜증내던 J양. 야, 그렇게 말릴 땐 좋다고 만나더니. 내 친
구 J양도, 그녀의 지나간 병맛 구남친들도 모두 너 이새끼 파이팅
이다. _가끔 무서운 유부녀 J양.

L양은 키가 큰 그가 자신을 내려다보는 게 너무 좋았다고, 나무그늘 같던 그의 옆자리에는 지금 누가 서 있을지 궁금하다며 아련한 표정으로 이 한마디를 남겼다. "잘 살아라. 개객끼야." _감성 터지는 유부녀 L양

나를 그렇게 많이 사랑해준 너도 날 떠났는데. 지금 이 사람은 다를까? 너처럼 착한 애도 나를 만나면서 곧 지치고 피곤해졌는데, 지금 내 앞의 그는 내가 지겹지 않을까? _그 새끼 때문에 의심병 연애고자가 되었다고 말하는 저혈압 S양

......

구남친의
새 여자 소식에
대처하는 자세

몇 달 전 새벽까지만 해도 내가 자는지, 안 자는지 궁금해 하던 그 녀석에게 새 여자가 생겼단다. 그놈의 페북이 사단이다. 자꾸만 구남친을 내가 알 수도 있다며 눈치 없이 추천해댈때부터 마음에 안 들었다. 그리고 급기야, 그 녀석과 어떤 여자(나보다 어려보이는)가 다정하고 말갛게 웃고 있는 사진이 내 뉴스피드에 올라오고야 말았다. 미처 끊지 못한 구남친 친구의 '좋아요' 오지랖 덕분에. 이미 다 잊은 지 오래인데, 나도 헤어진 후 다른 남자와 설렘도 느껴봤고, 진심으로 그 애의 행복을 빌기도 했는데,

그의 새 여자 뒷조사는 참자!
당신이 더 예쁜 것 맞으니까.

왜 막상 내 기분은 이렇게 찜찜하고 더럽고, 그리고 슬픈 걸까?

벗어나자

더 잘됐다. 이제 정말로 미처 정리하지 못한 것들을 모두 정리할 때다. 아련아련한 마음과 알 수 없는 그리움들 때문에 지우지 못했던 것들을 지워내자. 핸드폰 사진첩에만 없으면 뭐하나. 온갖 인터넷 클라우드 저장 공간에까지 '자동 올리기'되었던 사진들도 모두 말끔히 지우자. 행복해 보이는 그때의 우리를 아무리 다시 들여다봐도 이제는, 다 정말로 부질없다. 메신저 숨김 목록도 다시 들어가자. 애매하게 숨겨놓지 말고 확실히 차단하자. 다른 소셜 네트워크의 연결고리들도 모두 다 지우자. 뭐 이렇게까지 하냐고? 자신 있는가? 그 애의 행복한 프로필 사진이 바뀌었나, 안 바뀌었나 자꾸만 들어가 확인하지 않을 자신 말이다. 난 없다. 그러니 지우자. 분노 게이지가 최대치로 꽉 찬 지금이 아니면 또 어려워진다. 지금 하라. 롸잇나우.

하지 말자

물론 이해한다. 미니홈피 시절부터 갈고닦은, 우리의 뒷조사 능력은 국과수도 울고 갈 만큼 탁월하다는 것 역시 잘 안다. 그러나 그의 새 여자 뒷조사는 참자. 진짜로 뒷조사 다 했는데, 그 여자가 모태 예쁨이고, 모태 착함에 모태 부자라면 솟아나는 그 홧병은 어쩔 셈인가. 그러다 괜히 뒷조사 흔적이라도 남는 날엔 정말 돌이킬 수 없이 비참해진다. 안 돼, 절대 그것만은 안 된다. 그리고 하지 말 것 또 하나, 오른쪽 마우스 클릭도 막아둔 그 여자 사진을 굳이 캡처하고 저장해서 친구들한테 누가 더 예쁘냐고 묻지 마라. 친구들 대답과 내 대답, 그리고 당신이 듣고 싶은 대답 모두 같다. "당신이 더 예쁘다." 그 새끼 눈삔 것 맞다. 그는 그 여자가 당신보다 예뻐서가 아니라, 당신과 인연이 아니라서 떠난 거다. 그런 거다.

의심할 필요는 없다

당신과 그가 함께 보낸 시간, 함께 나누었던 약속과 이야기 모두 진짜였다. 진심이었다. 바로 그 순간에는 말이다. 그러니 아름다웠던 그 순간마저 의심하고 억울해하지는 말자. 우리 역시 그에게 진심이었지만, 평생 그만 생각하며 독수공방할 생각은 없었으니까. 그와 헤어진 후, 다른 남자와의 새로운 로맨스와 달콤한 미래를 꿈꿔본 적도 있으니까. 그도 마찬가지다. 지금 그가 내 곁에 없다고 해서 나와 보낸 지난 시간과 기억마저 사라져 없어지는 것은 아니다. 당신과 그는 정말로 사랑했고 행복했다. 다만, 그 시절에… 당신이 했던 그 사랑은 진짜였다. 그러니 괜찮다.

대학 시절 오래 만났던 남자친구의 결혼 소식 이후, 그동안 나는 시시때때로 마음이 많이 무너져내렸고, 죽을 만큼 괴로웠지만 지금은 말짱하게 웃으며 지내고 있다. 이제 더 이상 그를 그리워해서도, 다시 돌아오리라는 기대 따위도 해선 안 되지만, 그래도 나는 참 잘 산다. 그가 없이도 잘 산다. 이제는 정말로 보내주자. 나를 아주 많이 사랑했던 그 사람을.

구여친의 패기 or 광기 1

_구남친과의 인터뷰

나는 꽤나 쿨한 상태였다. 몇 달 전 헤어진 남친이 그립기도 하고 마음이 아프기도 했지만 고통스러운 시간들을 잘 넘어서고 있었다. 정말로 감히 고백하건대, '이제는 아프지 않아서 아팠던 시간들까지 잔잔히 이야기할 수 있는' 상태였다.

바람을 피웠다든지, 돈을 빌려 도망갔다든지, 날 때렸다든지 하는 최악의 이별이 아니라, 그저 마음이 전과 같지 않아서 헤어졌기에 원망은 되어도 밉지는 않았다. 종종 안부를 물으며 행복을 빌어주는 사이인 구남친도 있었다. 그래서 친구들에게 구남친을 인터뷰하겠다며 자신 있게 말했었다.

묻고 싶었다. 그리고 알고 싶었다. 이소라 언니는 "그대는 내가 아니고, 추억은 다르게 적힌다"고 노래했지만 그들도 나와 같은 마음이기를 원했다. 사랑을 할 때보다 끝났을 때 나는 더 그들의 마음을 원했다. 그들도 나와 같이 조금은 후회하고, 미안해하고, 그리워했으면 좋겠다고 생각했다. 그리고 조금은 나와 보냈던 시간들을 아쉬워하고, 그때가 소중했다고 생각해줬으면 했다. 내 얼굴은 분명히 수지가 아니지만, 그래도 그들에게 나는 〈건축학개론〉의 수지처럼 예쁘고 그리운 쌍년이길 바랐다.

조금은 뻔뻔한 얼굴과 떨리는 목소리로 마주하고 앉아서, '나는 지금 오빠한테 미련이 있어서가 아니고 그냥 내 일을 해야 해서 만나자고 한 거고 도움을 구하는 거야.'라고 이야기를 시작하려고 했다.

우리가 처음 만났던 순간을 나와 동일하게 기억하고 있을지가 궁금했다. 내가 기억하는 그를 처음 만났던 순간은 이랬다. 시끄럽던 과 뒤풀이 자리에서 처음 본 그 사람 얼굴은 거짓말처럼 반짝였다. 그 사람 얼굴에 특수효과를 쏜 것만 같았다. 운명이란 게 있다면 이런 걸까 싶을 정도로, 아직도 그 기억은 선명하다. 그 사람이 짓는 표정과 울리는 목소리, 보기 좋게 휘어지며 웃던 눈, 모든 것이 너무 좋고 신기해서 나는 그에게 첫눈에 반했다. 지금 생각하면 그렇게 휘황찬란한 꽃미남도 아니었는데 내 눈에는 너무너무 멋져 보였다. 그 사람은 그때의 날 어떻게 기억할까? "안녕하세요, 05학번 ××이에요."라며 말을 걸던 나를 어떻게 기억하고 있을지, 아니 기억은 하고 있을지 궁금했다.

그리고 헤어지던 순간을 다시 이야기하고 싶었다. 먼저 이별을 말했던 나는, 단 하루 만에 깨달았다. 우리는 절대 헤어져선 안 된다는, 아니 우리가 아니라 적어도 나에게는 안 된다는 걸 말이다. 하지만 그 하루 만에 그 사람 마음은 차갑고 딱딱하게 돌아서 있었다. 헤어지던 날에 그 사람 차에서 나는 참 많이 울었다. 지겨울 정도로 울고 매달렸다. 4년 가까이 만나며, 그 사람은 내내 한결같았다. 나를 참 많이 아껴주고 사랑해줬다. 내가 눈물을 보이면, 내가 아무리 못되게 굴었어도 나한테 져줬다. 눈물부터 닦아주며 빨개진 내 눈과 코를 안쓰러워했던 착한 사람이었다.

그런데 그날은 달랐다. 정말 간절하고 아프게 울던 나에게 그 사람은 그만 좀 울라며 내 쪽으로 휴지를 던졌다. 그때 알았다. '아. 정말 끝났구나.' 기억하고 싶지 않은 그 아픈 순간을 그는 뭐라 말할까? 변명이라도 듣고 싶었다. 그리고 그도 조금은 아팠는지도 묻고 싶었다.

또 사실 그렇게 듣고 싶진 않았지만, 이것도 묻고 싶었다. 내 단점은 뭐였는지, 뭘 고쳐야 했을지 말이다. 나와 헤어져도 아

쿨하기는 염병,

이별했다고 사랑이 끝나는 것은 아니다.

쉬울 것 없다는 생각이 들게 한 나의 부족한 점 말이다. 그래야 나도 다음에 실수하지 않을 테니까 말이다. 아니, 안다고 달라지는 건 없겠지만 그래도 궁금했다. 솔직하게 가장 바란 건 그런 거 없다는 대답이었을지도 모르겠다. 맞다. 헤어졌어도 나는 공주병이다. 헤어진 사람에게도 제일 이쁘다는 말 듣고 싶고, 좋았다는 말 듣고 싶었다. 그리고 야심차게 내일쯤 전화를 걸어볼까 하던 그날 밤에 일은 벌어졌다. 그의 결혼 소식을 들었다. 망했다.

쿨하기는 염병, 나는 단단히 착각에 빠져 있었다. 정말로 아팠다. 그리고 원래의 계획을 모두 포기하기로 했다. 구남친에게 묻기는 뭘 물어, 아무것도 묻지 않겠다. 나처럼 그 기억들을 아름답게 생각해달라고도 하지 않겠다. 그냥 다 잊어버려라. 깡그리 없던 일처럼 모두 잊어버려라.

평생 다른 여자의 남자가 될 사람에게 내 소중한 기억들이, 내 순수한 사랑이 찌꺼기 같은 기억으로 남는 것을 참을 수가 없었다. 차라리 다 잊어라. 가끔 술안주 삼아서도 내 이야기, 내 생각 따위는 하지 마라. 그렇게 분하고 씩씩대는 마음으로 나는 계획을 접었다. 그리고 아주 아주 많이 울었다.

그리고 배웠다. 끝나버린 사랑에게는 아무것도 기대하지 말자는 것을. 지나간 추억은 아름다울지언정, 지나간 사람은 내게 더 이상 아름다울 수 없다는 것도.

......

구여친의 패기 or 광기 2

_다 비켜, 이 구역 미친년은 나야

그날은 참 즐거웠다. 봄볕 좋은 토요일에 대학로에
서 간만에 만난 친구들과 함께 커피를 마셨다. 그러고는 여자 셋이
한 친구의 자취방으로 자릴 옮겨 〈무한도전〉도 보고, 탕수육 시키
고, 친구가 구워준 스팸에 피쳐 맥주를 몇 병이나 먹어치운 날이었
다. 새벽까지 서로 살아온 얘기들, 사랑한 얘기들을 하며 행복하게
놀았다. 그런 다음 씻고 양치하고, 친구가 깔아준 이불에 누웠다.
모든 것이 만족스러웠고 즐거웠고 신났다. 그리고 평소처럼 자기
전 굿나잇 페북이나 할까 싶어 페북 앱을 켜서 타임라인을 들여다

보고 있을 때였다.

그때였다. 나는 발견했다. 어느 배려 없는 선배의 한마디. 그 오빠의 청첩장을 받으러 동기들이 고깃집에 모였다는 이야기. 믿을 수가 없었다. 한참 멍하니 액정을 바라보던 나는 벌떡 일어나 엉엉 울기 시작했다. 그날 내가 내뱉은 저주의 말과 육두문자들은 모두 기억이 나질 않는다. 그 선배를 욕하고, 그를 욕하고, 나 자신을 욕하며, 정신없이 울었다. 내 마음이, 지나간 내 사랑이 너무 불쌍했다.

그는 이미 다 끝내고, 이제 반려자까지 만났는데 나는 무슨 부귀영화를 얻자고 기억들을 붙잡고 이러고 있던 것일까. 미웠다. 날 까맣게 잊고 행복할 그가 미웠고, 어쩌면 아직도 끝나지 않았을지 모른다 생각했던 멍청한 내 기대가 미웠다.

나는 그와 만든 기억과 추억이 사랑이라 믿고, 아름다웠다 생각할 테지만 그는 이제 다를 터였다. 진짜 사랑을 만나서 나에 대한 기억이나 흔적들을 발견하면 지우기부터 할 것이고 또 그게 맞는 일일 것이다. 내가 그에게 남아 있는 모든 마음들은 그것이 아무리 다른 기대가 없이 온전히 선한 것이라 할지라도 모두 없애는 것이 맞을 것이다.

그게 제일 괴로웠다. 이제 정말로 그를 끊어내고 없애야 한다는 것이 괴롭고 아팠다. 나는 이미 그 없이도 몇 년간 잘 살아왔

는데, 최근까지도 아파한 이별의 주인공은 그가 아니라 다른 이였
는데. 웃기는 일이다. 몇 년이 지나는 동안 성장했다 생각한 내 마
음은 어디로 간 걸까. 왜 3년 전 그날, 진흙처럼 무너져 울던 그날
로 모두 돌아가버린 걸까?

　　페북에 글을 올린 배려 없는 선배를 생각했다. 그는 내가
자기 페친이라는 것을 몰랐을까? 그건 아닐 것이다. 가끔 내 글에
반응하기도 했으니까. 그냥 동기의 결혼이 너무도 반갑고 기뻐서
나 따위 전혀 생각이 나지 않았을 수도 있다. 내가 그렇게 중요한
존재는 아니니까. 혹은 생각은 했지만, 나는 종종 다른 남자친구와
의 이야기도 페북에 올리곤 했으니 내가 이미 모두 잊어 상관없을
것이라 생각했을 수도 있다. 아니면 나 보란 듯이 나쁜 마음으로
올렸을 수도 있을 것이다. 거기에까지 생각이 미치자, 내가 그 오
빠와 손을 잡고 함께 그 선배 앞으로 지나가던 예전의 어떤 순간
이 떠올랐다. 당연히 이건 내 확대해석이겠지만, 그 모습이 그 선
배에게 곱게 보이지 않았을 수도 있었겠구나 싶었다. 근데 만약 그
해석이 맞았다면, 젠장할, 왜 그 책임을 나만 져야 하는 건가? 아
냐. 나처럼 예쁘고 귀엽고 지혜롭고 섹시한데다 사랑스럽기까지
한 여자를 놓쳤으니 그 오빠가 제일 손해고 나쁜 거다. 무슨 개소
리를 이렇게 정성스레 하냐고? 그럼, 내가 지금 제정신이겠는가?

　　결론은 이렇게 지으련다. 구남친의 결혼 소식, 구남친, 그리

고 나, 그 선배. 가해자는 없는데 피해자는 존재한다. 고로 이 사건의 죄는 모두 페북을 만든 주커버그에게 묻겠다. 주커버그 개객끼, 미니홈피 만만세다. 썩을 놈아.

......

이별도
전파를 타고

      그 애가 줬던 손편지, 그 애에게 받은 첫 선물. 그런
거 정리할 때는 차라리 낭만적이기라도 했다. 최근 가장 식겁했던
기억 하나가 있다. 나는 새로 나왔거나 남들 좋다는 어플들은 다
깔아 써보는 편이다. 그 애와 뜨겁게 만나던 때에도 그랬다. 그때
내가 꽂혀서 받은 어플은 안전한 귀가를 돕는 기능의 어플이었다.
귀가 경로와 시간을 설정해놓고, 예정에 없이 그 경로와 시간을 이
탈하면 보호자에게 저절로 전화가 걸리는 기능. 물론 그때 설정한
보호자는 구남친이었다. 허허, 벌써 대충 감이 오시지요잉?

어차피 사랑은 절대 스마트해질 수 없고
이별은 알아도 대비할 수 없다.

막상 설치해놓고 별로 쓰지 않던 그 어플은 어플 서랍에 처박힌 지 오래였는데 어째서 자기 멋대로 켜지고 난리였을까. 심지어 난 그동안 이직까지 했기에 이동 시간은 물론, 이동 경로까지 완전히 달라져 있었다. 급하게 종료 버튼을 누르다 못해 배터리까지 빼버렸지만 그 애에게 전화는 걸려지고 말았고, 통화시간은 정확히 6초가 찍혔다. 그리고 그 이후에 그 애에게 따로 연락은 없었다. 아, 정말 내가 너무 싫었다. 그랬다. 우리는 이별한 마음과 상황을 넘어 어플까지 정리하고 추스르지 않으면 안 되는 시대에 살고 있었다.

정리대상 1호, 커플 전용 B모 어플

커플이 쓰기 정말 좋은 어플이다. 기념일 지정부터, 사진 나누기에도 좋고, 둘만 대화할 수 있는 공간에 메모장까지.(후후…. 영원할 것 같냐?) 그런데 이 달달한 어플, 헤어지고 나면 어떨까?

이별 후 정말 참 싫은 과정 중에 하나가 바로 통신사 콜센터에 전화해서 커플 요금제를 해지하는 일이었다. 내가 전화해서 해지하면, 콜센터에서 상대방에게 다시 확인 전화를 걸어 해지를 알려준다. 되게 잔인하고 야무진 이별 정리 과정이다. 그런데 스마트폰이 등장하면서 커플 요금제 자체가 무의미해졌고, 때문에 이 구질구질한 과정 하나는 생략된 줄 알았다. 그런데 이게 웬걸! 이

커플 전용 어플을 정리하려면 어떤 과정을 거쳐야 하는지 아는가? 어플에 접속해 '상대방과의 연결 끊기'를 신청한다. 그러면 기존에 올린 자료를 볼 수 없게 차단되고, 두 사람 모두에게 '연결 이전 화면'만 보이게 된다. 이것도 참, 커플 요금제 해지만큼이나 찝찝하다. (물론 방법은 있다. 어플 자체를 그냥 삭제해버리면 내 눈에 안 보이니까 신경 안 쓰인다. 문제는 다른 연인이 생겼을 때, 같은 계정으로 가입하려면 위의 절차를 거쳐야 한다는 것. 그냥 메일 계정 하나 더 파서 쓰세요.)

친구 추천 기능 너 좀 꺼져

헤어지고 혼자가 되고 나면 간사하게도 끊어졌던 인맥, 인연들이 참 간절하다. 그래서인지 이별 후 조금 심심해진 저녁 시간과 주말, 괜히 더 SNS를 들여다보곤 한다. 그러나 그럴 때에도 결코 방심해서는 안 된다. SNS 회사들은 어쩜 그렇게 부지런하고, 정보력도 빠른지 자꾸만 내 구남친을 알 수도 있다며 화면에 동동 띄워주기 때문이다. 이런, 알 수도 있는 게 아니라 겁나 잘 알았다가 이제 남보다도 모르게 된 친구거든요??? 특히 CC였다거나, 같은 회사였다거나 하면 주변인들이 겹쳐서 더욱 그렇다. 물론 안 보이게 설정할 수도 있고, 친구 추천 기능을 끌 수도 있다고 한다. 뭐자세히는 귀찮아서 안 알아봤다. 근데 찬바람만 불어도 마음이 싸하게 베이는 이별 직후, 언제 그런 기능을 찾아서 설정할 기력이나 있겠는가. 그냥 당한 다음에 처리하는 거지. 아무리 사람 사이를 이어주는 소통이라고 광고해봐야 SNS도 기계는 기계다. 겁나 눈치가 없다. 뭐 그렇다면 SNS를 안 하는 게 가장 속 편하겠지만, 그건 좀 구더기 무서워 장 못 담그는 격이다. 그러니 그냥 알아두고 미리 각오나 해두는 게 낫지 않을까. 헤어지면 원래 이렇게 귀찮은 게 많다.

스마트폰이 나온 이후, 요즘의 연애는 정말 '스마트'해졌다. 만나지 못해도 더 많은 이야기들을 나눌 수 있게 됐고, 둘만의 추억들을 더 다양한 방법으로 쌓아갈 수 있게 됐다. 그리고 여기에도 공짜는 없다는 듯, 이별하고 나면 정리해야 할 추억도 파편도 그만큼이나 새롭게 생겨났다.

스마트폰으로 그 사람과 더 쉽게, 더 편하게 나누었던 시간만큼, 우리는 이별 후에 더 세심하게 더 신경 써야 할 일들이 많아졌다. 이것은 좋은 걸까, 아니면 나쁜 걸까. 뭐 굳이 결론 내려서 어쩌겠는가. 어차피 '사랑'은 절대 스마트해질 수 없고 '이별'은 알아도 대비할 수 없다. 그냥 조금 미련하게, 지금 열심히 사랑하고 이별한 뒤 아프고 후회도 하자.

......

혼자라는 것이

사무칠

때

01. 퇴근하고 씻고 저녁 먹고 TV 보고 귤도 하나 까먹고 한
참 지난 뒤에 방에 내팽개쳐져 있는 휴대폰을 발견했을
때. 그런데 심지어 메시지 하나 안 와 있을 때.

02. 페북 친구 신청 알림이 와서 설레서 들어갔는데, 스팸
이거나 늙스구레 모르는 아저씨일 때.

03. 화장도 너무 잘 먹고, 머리도 자연스럽고 예쁘게 된 금
요일에 약속 없어 혼자 집에 들어갈 때.

04. 단체 채팅방 254개 밀린 카톡을 다 읽도록 내 얘기 하

나 없을 때.

05. 햇빛에 눈을 뜬 주말 아침.

06. 산책이라도 하려고 공원 나갔는데 멀쩡히 떨어져 잘 걷던 커플이 하필 내 눈앞에서 손잡을 때.

07. 나는 오늘 그냥 화요일인데, 주변에 초콜릿 냄새가 진동할 때. 꺼져 발렌타인.

08. 친구들끼리 신나게 밤늦게까지 잘 놀고 가는 길, 나 빼고 다 남자친구들이 데리러 올 때. 심지어 그중에 한 명 차 얻어탔는데, 그 남친이 "'××씨는 왜 남자친구가 없어요? 이해가 안 되네." 할 때. 죽는다, 진짜.

09. 문득 오늘이 내 인생에서 제일 젊은 날이라는 생각이 들 때. 다음 남친 놈아 늦을수록 네 손해야. 어디 있니, 태어나긴 했니?

10. 자려고 내 방 불을 탁 껐을 때. 자기 전 꼬박꼬박 통화하던 그때는 왜 떠오르는지….

나와
이것들아

......

이별의

순간,

그 한마디

아팠던 한마디

"○○아··· 휴··· ○○아··· ○○아···"

그 사람은 남자치고 참 애교가 많았다. 몇 년간 만나면서도
나를 거의 이름으로 불러본 적이 없었다. 늘 곰살맞은 애칭으로만
불렀다. 그러던 그 사람은 헤어지던 때, 절대 못 헤어지겠다고 다
시 생각하자고 울고불고 매달리는 날 달래며, 몇 번이나 내 이름을
나직하게 불렀다. 처음 들어본 그 사람의 따뜻하지 않은 목소리보
다, 나는 20여 년 넘게 들어온 내 이름이 더 생소했다. 그리고 한동

안 나는 누가 내 이름을 부르면 그때가 떠올라서 소름이 끼쳤다. 그날 이후로 내가 진지하게 개명을 고민했다는 것을 그 사람은 알까?

"이제 노력하기 싫어졌어."

나를 아주 많이 좋아하던 그 애는, 정말 나하고 비슷한 취향이나 구석이 없었다. 그걸 문제 삼으며 만나지 못하겠다던 내게 그 애는 자기가 다 바꾸고 다 나에게 맞추겠다며 웃었다. 그리고 그 애는 정말 내게 맞춰서 하고 싶은 것들도 참고, 하기 싫은 것들도 기꺼이 했다. 가끔 말다툼이 일어나면 나는 그 애에게 "네가 다 맞춰준다며, 왜 말이 틀려?"라며 못되게 몰아붙였고 그때마다 그 애는 더 이상 말을 하지 않고 내게 져줬다.

그리고 헤어지던 날, 그 애가 했던 말은 이제 내게 맞추려고 노력하기 싫어졌다는 것이었다. 너무도 깔끔히 포기할 수밖에 없었던, 그 애의 촌철살인 같은 그 말 한마디. 지금 생각해도 그 말은 많이 아프고, 그리고 그동안 그 애가 얼마나 아팠을지 이제야 알 것 같아서 더 아프다.

웃겼던 한마디
"엄마한테 깨지게 생겼네."

너무 웃기고 수치스러워서 내 친구들에게도 말 못했던 에피소드다. 첫사랑과 헤어진 뒤 나는 호기롭게 4살 연하 꼬맹이를 만났다. 제정신 아니어서 나 좋다는 사람 무작정 만난 거니 눈먼 애송이가 걸려들었음은 당연한 일. 이제 막 스무 살이 됐던 그 꼬맹이는 엄청난 마마보이였다. 누나가 좋다며 무작정 들이댈 땐 언제고 금세 시들해져 연락 두절된 꼬맹이를 족치자 그 애는 별의별 성질을 다 부리고는 "엄마한테 깨지게 생겼다."며 마지막을 고했다. 그 황당하고 미친 꼬맹이도 이제 어느덧 예비역이 됐을 텐데 잘 사는지 모르겠다.

"너 인마, 밥은 먹고 다니냐, 어머니는 건강하시고?"

"미안하다."

자기가 엄청 고스펙인 줄 알던 덩치는 좋지만 대머리 기질이 보이던 L모 그룹 다니던 오빠. 사귀고 100일이 채 못 되어 저 말 한마디와 함께 헤어짐을 고했다. "나는 진심이었어!"라며 순정녀 코스프레로 헤어져줬지만 사실 미안하다는 저 말이 나는 더 미안했고 조금 웃겼다. 미안할 게 뭐 있어, 나도 널 그다지 좋아하지 않는걸. 딱 20분 멘붕을 지나 난 엄청 행복해졌는걸. 사귈 때부터 자기가 시크릿가든 김주원이라도 되는 양 굴더니 헤어질 때까지 폼은 오지게 잡네 싶어서 엄청 웃겼던 이별의 말이다.

"미안하다."

엄마 드립은 진짜 웃기긴 한데,
아픔과 웃김의 차이는 내 마음의 깊이 차이인 것 같다.
나머지 다른 말은 기억도 안 나니
그나마 웃긴 걸로 기억되는 게 나으려나.

......

그대는
어디에

잊으면 안 돼.
사랑했던 그해 우리는 빛보다 눈부셨던 추억들을.
또 누굴 만나고 사는 동안 또 사랑이야 오겠지만.
누구를 그대만큼 사랑할까, 언제쯤 그때처럼 사랑할까.
《그들이 사는 세상》 OST, 〈사랑일까요〉 중에서

　　　　추위를 많이 타면서도 그를 만날 때는 따뜻한 패딩
이나 두터운 스웨터 따윈 입지 않았다. 그의 앞에서 나는 무조건
예뻐 보여야 했으니까. 영하의 날씨에도 원피스에 코트 한 장이 고
작이었다. 그러고 티나 내지 않았더라면 다행이련만, 잔뜩 신경 써
차려입고는 입술이 퍼래져서, 턱까지 덜덜 떨곤 했다. 그 모습이
얼마나 미련하고 바보 같았을까. 하지만 모두가 날 한심하게 봐도

그 사람만은 날 사랑스럽게 봐줬다. 예쁘다고 함박웃음을 지어주었고, 자기 목도리를 둘러주거나 자기 외투를 벗어주고는 그래도 걱정돼 나를 꼭 안아줬다. 그 포근하고 따뜻했던 품은 아직도 잊을 수 없다. 덕분에 나도, 그 사람도 겨우내 감기를 달고 살아야 했지만, 그 시간들은 우리에게 가장 따뜻한 겨울이 아니었을까.

그리고 지난 주말, 친구들이랑 기분 좋게 만난 뒤 홍대앞 횡단보도를 건너다가 예전 남자친구와 똑같은 옷을 입은 이의 뒷모습을 봤다. 순간 숨도 못 쉴 정도로 놀랐다. 내가 제일 좋아했던 그의 베이지색 체크무늬 피코트. 그 코트 입은 모습이 너무 멋있어서 딴 사람 보여주기 아까우니, 내 앞에서만 입으라고 나는 그에게 애교 섞인 투정을 부리곤 했다. 내 말에 쑥스러운 듯 웃던 그의 표정, 차가웠던 그날의 저녁 공기. 그런 것들이 한꺼번에 떠올라서 나는 조금 아득해졌다. 그리고 궁금해졌다. 그렇게 아름답던 그 시간 속 너는 어디에 있는지, 그렇게 사랑하던 그 시간 속 두 사람은 어디에 있는지…. 나와 그는 결국 이루어지지 못했지만, 다시 만나 사랑을 이룬 두 사람들을 만나고 싶었다.

〈그들이 사는 세상〉, 정지오와 주준영

"내가 빌어도 안 돼?"하며 예쁜 얼굴에서 눈물 콧물을 뚝뚝 흘린다. 늘 제멋대로고, 지기 싫어하던 주준영이 이별 앞에서

드러내고만 진심. 아마 많은 여자들이 공감하지 않을까. 이별 앞에서도 내가 빌면, 내가 울면 무수하게 져주었던 그동안처럼, 다시 생각하게 될 거라는 바보 같은 기대. 나 역시도 그 순간을 지나왔기에, 이 장면을 보며 정말 많이 울었고 그녀의 심정을 백 퍼센트 공감했다. 그럼에도 잔인하게 이별은 찾아온다. 그것을 정지오는 그의 한계였다고 이야기한다. 참 현실적이고 아픈 이별의 모습. 그러나 드라마라서 다행이다. 이 둘은 다시 만나니까. 이별 후 같은 회사에서 견원지간처럼 냉랭하다가도 뜨거운 키스로 다시 사랑은 이어지니까. 내 아픔과 너무나 비슷해 눈물짓다가도 '끝나버린 내 사랑도 혹시' 하는 진통제를 놔주는, 정지오와 주준영은 그런 두 사람이다.

〈이터널 선샤인〉, 조엘과 클레멘타인

죽도록 잊고 싶던 옛 연인과의 기억, 그것을 잃고 나서야 필사적으로 그 사랑의 소중함을 좇게 되는 영화 〈이터널 선샤인〉. 벌써 10년이 넘은 영화지만, 볼 때마다 그 감상과 느낌이 다른, 마치 어린왕자 같은 영화다. 내가 이 영화에서 가장 좋아하는 장면은, 기억을 찾게 된 두 사람이 나누는 대화다. 서로의 단점과 차이가 지겨워져 헤어졌던 두 사람이기에, 클레멘타인은 이야기한다. 나는 곧 널 짜증나게 만들 거고, 넌 내가 지겨워질 거라고. 그녀의 아프고 솔직한 말에 조엘은 따뜻하고 조심스럽게 말한다. "Okay, Okay." 그래도 좋다고, 다시 후회하게 될지언정, 다시 너와 사랑하겠노라고. 이별 후, 헤어진 연인과 옛사랑을 그리워하는 이들에게 이 장면은 진정한 판타지이자 꿈이다. 내가 보았던 다시 시작하는 연인들의 모습 가운데 가장 아름답고 가장 부러운 모습을 보여준 두 사람.

후회한다, 내가 아프다고 너를 원망한 것을. 이렇게 보물 같은 추억들을 잔뜩 선물해준 너인데.

미안하다, 네 잘못이 아닌데 너를 원망해서. 네가 그토록 사랑하던 나를 없애버린 건, 그래서 네가 떠나가게 만든 건 다름 아닌 바로 나 자신이었는데, 가장 나빴던 건 나였는데 그 시간 속 우리는 어디로 갔을까. 사라지지 않고, 어딘가에서 우리가 그 모습 그대로 행복했으면 좋겠다.

모두가 가슴속에 사랑의 아픈 기억들을 고이 품고 살아간다고 한다. 다들 어떻게 사는지 모르겠다. 나는 잘살다가도 문득문득 무너질 때가 너무나 많은데, 당신도 그런지 궁금하다. 당신도 나처럼 아프고 예쁜 기억들에 슬퍼하고 감사하며 그렇게 사는지 궁금하고, 또 토닥여주고 싶다.

......

헤어지자마자

했던

소개팅

그 애에게 차였을 때, 내가 더 힘들었던 이유는 그
때가 막 대선이 끝난 지 얼마 안 되서였기 때문이었다. 대선 결과
에 절망한 지 보름도 되지 않아서, 사랑마저 잃어버렸던 것이다.
말랑말랑한 연애 얘기를 하다가 정치 얘기를 하니 갑자기 읽기 싫
어지시는 분들도 있을 텐데, 여기서 정치 얘기를 하려는 건 절대
아니고 아무튼 그때 상황이 그랬다. 그래서 현실은 못 바꾸지만 남
친은 새로 얻겠다는 결의에 차서 소개팅을 줄줄이 잡았다.

오 갓, 대망의 첫 소개팅남은 외모가 딱 내 이상형에 가까

웠다. 물론 잘생긴 남자는 다 좋아하지만 내가 그 당시 특히 꽂혀 있던 스타일은 키 크고 니트와 코트가 어울리는 안경남(최다니엘 like that?)이었다. 그런데 감사하게도 그런 외모의 남자가 날 보며 방긋방긋 웃고 있는 게 아닌가. 대선이고 나발이고 귓가엔 종소리가 울렸다. 굳게 결심했다. '기필코 이 남자를 꼬시고야 말리라.' 그래서 그 자리에서 나는 최대한 여자 냄새 나게 굴었다. 사근사근과 꺄르르를 적절히 섞어가며 정말 최선을 다했다.

그러다 시기가 시기인지라, 그날의 대화에서도 지난 대선에 대한 주제는 빠질 수 없었다. 그리고 알게 됐다, 안경남은 투표를 하지 않았다는 것을. 자신의 소신이나 특별한 이유로 나와 다른 정치 성향을 가진 것이 아니라, 그저 별 생각 없이 투표에 참여하지 않았던 것이다. 따지고 보면 내가 국회의원도 아닌데 그런 가치관이 다르다고 그와 '연애'를 못할 건 없었다. 심지어 그는 정말 훈훈했었단 말이다.

그러나 그때의 나는 좀 돌았고 미쳤었다. 그때까지 그의 말에 마냥 해맑게 까르륵 대며 물개박수를 쳐주던 나는 그 순간 우지끈 돌변해 대한민국 20대의 소극적인 정치참여의 문제점과 그로 인한 현재의 편중된 정책 방향에 대해 장렬한 연설을 펼쳤다. 그러고는 오래지 않아 곧 제정신이 들었지만 때는 이미 늦었다. 나는 리본 원피스를 곱게 차려 입은 그 구역 진중권이 되어 그에게 뾰족한 일침을 여러 번 시전한 후였다.

다음날, 고맙게도 마음도 착한 안경남은 내게 바들바들 떨며 예의상 애프터를 해줬지만, 극심한 '자가 쪽팔림'에 넋을 놓은 나는 그 애프터를 거절해야만 했다. 내게도 한줄기 가느다란 '염치'라는 게 있긴 있었으니까. 그리고 몇 달 뒤, 주선자로부터 전해 들은 그의 소식은 짠내라는 것이 폭발했다. 이후로 그 안경남은 몇 번의 소개팅을 더 했는데 그때마다 그는 주선자에게 소개팅녀의 외모나 성격, 스펙은 상관없으니 딱 한 가지 조건만을 주문했다고 한다. 그저 제발 '신문 안 보는 여자'로만 부탁한다고. 정말 의도치 않게 그에게 거대한 트라우마(라고 쓰고 똥이라고 읽어야 맞는 것 같다.)를 준 것만 같아서 미안함을 금할 수가 없었다. 사실 내가 그 소개팅을 망친 것은 그가 어때서가 아니라 그날의 내 수치스러운 뻘짓+정리되지 못한 구남친에 대한 마음 때문이었는데.

덧글

그후로 1년이 지난 뒤 주선자로부터 그 안경남이 내 뒤로 이어진 소개팅녀와 웨딩마치를 올렸다는 소식을 전해 들었다. 그가 결혼한 지 네 달 만에 떡두꺼비 같은 아들을 얻었다는 미스터리보다 그의 신부는 정말 신문을 보지 않는 사람인지가 더 궁금해진다. 바라건대 신문은 읽지만 나보다 드세지 않은 좋은 여자이길 오지랖 부리며 덕담해본다. 이제 미안해하지 않아도 되겠지!

······

시간이
약을
팔아

그 애와 같이 걷던 우리 동네의 그 어떤 길로도 갈 수가 없어, 집앞 버스 정류장에 내려서도 한참을 앉아 있던 때가 있었다. 어떤 날에는 누가 쳐다보든 말든 주룩주룩 눈물을 흘린 적도 있었고, 또 어떤 날에는 그저 멍하니 쓰린 가슴이 다 가라앉을 때까지 앉아 있던 적도 있었다. 이러다 정말 이사를 가야하는 건 아닐까 무서웠고, 앞으로는 새 남친이 생겨도 다시는 우리 동네에 데려오지 않겠다는 의미 없는 다짐을 해보기도 했다. 집으로 들어가던 나를 지켜봐주려 그 애가 늘 서 있던 그 자리를 지날 때면, 아무리 잠잠히 잘 버티려 해도 소용없었다. 그렇게 내 인생에서 사랑은 평생에 한 번뿐일 줄 알았다. 그래야 진짜고 진실한 거라고 생각했다. 그 애와는 비싸고 화려한 레스토랑에 가거나, 좋은 차를 타고 데이트하지 않아도 좋았으니까. 같이 츄리닝 입고 동네 도서관 앞을 산책해도 가슴 가득히 행복했으니까. 그제야 내게 진정한 사랑이 찾아온 거라고 확신했다. 그런데 그 애마저 나를 떠났다. 그 애는 내 일상의 사소하고 작은 부분들 속에 가득해서 하루를 그냥 보내는 것조차도 나는 참 많이 아프고 힘들었다.

　　그랬다. 그렇게 아팠는데, 그렇게 울었는데. 어느새 그 순간들은 내게 모두 거짓말처럼 과거가 됐다. 시간이 약이라고 주변에서 아무리 말해도, 어디서 약을 파냐고, 그딴 약 겁나 안 듣는다고, 겁나 돌팔이 같은 새끼가 지은 약이라고 표독을 부려댔던 내게도 그 약은 정말 통하고야 말았다. 너무나 아파서 차마 가지 못하던 그 길을 걷다가, 문득 조금도 쓰리지 않은 가슴이 이상하고 허해서 일부러 아파보려고 생각했다. 내가 뭐 어디가 고장났나 싶었다. 그러다 가만 생각해보니 아마도 내가 아플 수 있는 만큼 이미 다 아팠나 보다 하는 결론을 내렸다. 뭐 사랑 때문에 죽기도 한다며, 나는 겨우 이 만큼밖에 안 되는 건가. 이 무슨 아이폰 16기가 같은 사랑이냐 싶어서 참 씁쓸했다. 이래서는 변해버린 그 애의 마음이나 괜찮아진 지금의 내 마음이나 다를 바가 없지 않은가.

평생 단 한 번뿐이라 믿었던 사랑하는 그 사람이 떠나도 결국 또 살아진다. 그것도 잘. 이렇게 공허하고 허무하고 가벼운 거라는 걸 잘 알면서, 우리는 왜 또 사랑이 하고 싶고 사랑을 이야기하고 싶은 건지 모르겠다. 아마 이것도 시간 새끼가 판 약 때문이겠지.

......

프사

내가 더 행복해 보이려 애쓰느라 한참을 낭비했다.
볼지 안 볼지도 모르는 내 사진 따위가 뭐 그리 중요해서. 차라리
그 시간에 기도를 해줄 걸. 행복하라고,

나보다 언제나 더 많이.

······

이별 후

멀쩡할 수 있는

스킬 연구

"더 이상의 눈물 젖은 베갯잇은 없다!"

사랑했던 그 사람이 나를 버리고 떠나도, 우리는 다음날 어김없이 출근을 해야 하고, 사람 구실, 사람 도리를 하며 살아가야 한다. 가슴속 심장이 사라진 듯 더럽게 마음이 아파도, 우리는 혼자 추스르고 또 무슨 일 있었냐는 듯 말짱하게 벌떡 일어나야 한다. 아파도 아프다 말도 못하는 이 치사한 현시창(현실은 시궁창) 속에서 당신에게 한 줄기 기발한 솔루션이 되어줄 새로운 스킬들을 소개한다. 이것만 알면 당신은 이제 이 구역의 강철심장!

조기 치매를 촉진하라

우리의 이 아픈 마음은 다 그 망할 놈의 기억력 때문이다. 내가 사랑하고 사랑받던 시절의 그 모든 사소한 기억들이 아무리 아름답고 소중해도 지금은 내가 아프지 않은 것이 먼저다. 다 잊고 지우자. 뇌가 최대한 연상 작용을 하지 못하도록 뇌를 학대하자. 뇌든, 가슴이든 둘 중 하나는 미치도록 아파야 이 비극이 끝난다. 이 연상 작용들이 꼬리에 꼬리를 물면 우리는 일상생활을 정상적으로 영위할 수 없다.

예를 들면, 당신은 편의점 하나도 맘 편히 못 들어갈 것이다. 진열대에 가지런히 놓인 음료 가운데에는 그가 좋아하던 커피 음료가 보이고, 알바생이 서 있는 계산대 뒤쪽에는 그가 피우던 담배 브랜드가 솟아 있으며, 편의점 창밖에는 그와 함께 맥주 한 캔을 나누던 파라솔이 펼쳐져 있다. 아니, 편의점 문만 열어도 그와 함께 손잡고 들어가며 들었던 문짝 종소리가 짤랑대며 가슴을 잔인하게 찌르고 괴롭힌다.

이 기억이라는 놈은, 연상 작용이라는 악마는 이별한 우리를 무너뜨리는 가장 커다란 주원인이다. 이 악마를 없애기 위해 우리는 조기 치매를 촉진하려 한다. 먼저 매일 음주하라. 음주는 뇌 기능 손상을 부르는 직빵 솔루션이다. 그리고 견과류나 뇌나 몸에 좋은 음식은 일절 먹지 마라. 그의 전화번호를 보고도 이게 뭐지

할 수 있을 만큼 그 사람 표정도 말투도 이름도 그 무엇도 잊을 수 있을 만큼 그렇게 해보자.

유체이탈 사고법을 익혀라

내가 내가 아닌 양 다 모른 체하라. 마음이 찢어지는 것처럼 아파도 정말 모르는 것처럼 굴어라. 머리와 가슴을 분리하라. 내 마음이 아니고, 저 우주 어딘가에 있을 외계인의 마음이다. 나랑은 상관없는 일이다. 걔가 아픈 거지, 내가 아픈 게 아니다. 그러니까 아픈 빵상의 마음은 빵상이 알아서 처리할 일이지 내가 하는 게 아니다 생각하라.

마음이 무너지는 그때, 머리는 아무렇지 않은 척 엉뚱한 짓을 계획해보라. 갑자기 만화주제가를 크게 불러보거나 진짜 웃기고 이상한 춤을 춰보거나 엄마한테 시답지 않은 개그를 쳐보라. 슬픔에 빠질 조금의 틈도 주지 않고 슬픔이라는 건 내게 존재하지 않는 양, 쉴 틈 없이 다른 생각과 일을 벌이며 자신을 굴리자. 아프고 무너지는 나는 내가 아니다. 아픈 마음에서 도망쳐 멀찍이에서 딴짓을 하자. 그러면 버틸 수 있다. 정말 많이 아파도 그렇게 조금 숨 쉴 수 있다.

역지사지 따위 개나 줘라

그 사람 입장 같은 건 생각해보지 마라. 철저하게 이기적인 사람이 되는 거다. 이미 헤어진 사람, 이제 와서 생각해줘봐야 뭘 어쩔 텐가. 나만 아프고 나만 괴롭다. 내가 잘못해서 그 사람이 떠나갔다 해도, 그것 때문에 오래 땅파고 괴로워할 필요 없다. 내 잘못은 그가 떠난 그 자체로 벌을 받아 사라진 거니까 자책하지 마라. 그만하면 충분하다. 헤어지고, 자꾸만 그제야 그 사람 마음은 어땠을까 곱씹고 눈물 흘리는 이들이 많다. 아니다. 신경 쓸 필요 없다. 가장 불쌍한 사람은 그때 아팠던 그가 아니라 지금 아픈 당신이다.

헤어진 지금 그도 나만큼 괴로울지 모른다는 생각에 눈물 짓는 것도 다 관둬라. 아니다. 형돈이와 대준이 오빠가 말해주지 않았나, '아니아니아니아니아니, 너는 울지만 그 앤 웃고 있어.' 그게 진짜다. 지나간 놈은 다 개자식이다. 그렇게 생각해야 내가 산다. 미안하고 괴로운 마음이 들면, 그의 가장 싫었던 모습들만을 떠올려 쌍욕을 해라. 그게 낫다. 하지만 헤어지고 나니 그의 좋은 기억밖에 안 든다고? 그러면 주변 친구들에게 다시 물어봐라. 사귀는 동안 당신이 친구들에게 하소연하고 나서 까먹었던 그 무수한 사건들, 친구들은 기억할 거다. 감정을 곱씹을 거면 그걸 꺼내 곱씹도록 해라.

덧글
......

(노파심에) 주의사항.
첫 번째 방법을 따라하다가는 정말 비명횡사할 수 있다.
그냥, 차력쇼처럼 보여준 거니까 진짜 따라하지는 마시길.

......

호구의

꿈

나에게는 꿈이 있습니다. 언젠가는 우리 호구들 모
두가 일어나 "호구를 포함한 모든 이가 평등하고 행복하게 연애해
야 한다."라는 진실을 널리 외치고 그 진실대로 살아가는 날이 있
을 것이라는 꿈이 있습니다.

나에게는 꿈이 있습니다. 언젠가는 경리단길의 붉은 골목
사이에서 연애 호구들의 후손들과 연애 갑질자들의 후손들이 기
꺼이 더치하며 겸상할 것이라는 꿈이 있습니다.

나에게는 꿈이 있습니다. 언젠가는 호의가 계속되면 권리 인줄 아는 갑씨년스러운 연애 갑질자들이 꼭 저보다 더한 것들을 만나 홀랑 등쳐먹히고 말리라는 간절한 꿈이 있습니다.

나에게는 꿈이 있습니다. 언젠가는 나와 우리 호구들이 착하고 내성적으로 보인다는 이유로, 그들에게 호구로서 판단되어 이용되지 않고, 우리 마음의 소중함과 그 가치를 알아주는 사람과 따뜻한 연애를 하게 될 것이라는 꿈이 있습니다.

나에게는 꿈이 있습니다. 언젠가는 사악한 연애 갑질자들이 있는 그 모든 곳에서, 언젠가는 우리에게 차가운 웃음을 흘리는 그들이 선 곳에서, 우리 호구들이 단결하여 우리의 등골을 브레이킹한 그들의 멱살을 잡을 수 있을 것이라는 꿈이 있습니다.

나에게는 꿈이 있습니다. 언젠가는 우리 호구들 모두가 연애 갑질자들의 유려한 말발과 변명에 휘둘리지 않고, 모든 딱해 보이는 사정에도 절대로 돈을 빌려주지 않으며, 아무리 입안의 혀처럼 굴며 달래도 아니다 싶은 일은 다시 용서하지 않고, 기분이 나쁠 때에는 기분이 나쁘다고 말할 수 있고, 의심해야 할 일에는 의심하고 따질 수 있고, 이전에 빌려준 모든 돈들을 다시 되돌려 받을 수 있고, 구남친의 더러운 손버릇에 바로 뺨을 후려칠 수 있는 영광스러운 날이 오리라는 꿈, 우리 모든 호구들이 다같이 이 영광을 보게 될 것이라는 꿈이 있습니다.

이것이 우리 호구들의 희망이며, 이것이 내가 다시 사랑을 시작하게 될 때 함께하게 될 신념입니다.

이 신념으로써 우리는 우리를 고구마 답답이라고 부르는 주변 친구들의 한심한 눈빛과 냉소에서 마침내 벗어날 수 있을 것입니다.

이 신념으로써 우리는 가만히 있으면 가마니 호구인줄 알고 덤벼드는 연애 갑질자의 무자비한 횡포에 마땅히 맞서 싸워 당당히 거절하며 이길 수 있을 것입니다.

이 신념으로써 우리가 언젠가는 자유로워질 것이라 믿으면서, 우리는 함께 사랑하고, 함께 진심을 주고, 함께 연애 갑질자들과 싸우며, 함께 나 자신을 더 사랑할 수 있는 연애를 해낼 수 있을 것입니다.

이 날이, 이 날이 우리 엄마 아빠의 귀한 딸내미로서 더 이상 사랑에 벗겨먹히지 않고, 진정으로 새롭고 나 자신이 행복한 연애를 해낼 수 있는 바로 그 날이 될 것입니다.

호구도 꿈을 꿉니다.

사랑했던 그 사람에게 모두 져도 행복하고, 마냥 더 주고 싶었던, 참 예뻤던 그 마음을 더는 후회하지 않는 날을 꿈꿉니다. 이제는 정말 좋은 사람을 만나 서로의 호구가 되며 갑도 을도 없는 그저 사랑을 하고 싶은 꿈을 꿉니다. 거창하지도, 대단치도 않은 호구의 꿈을.

......

이별 노래

플레이리스트

어차피 나는 내가 제일 힘들다고 생각하니까 굳이 친절하게 이 책의 독자인 당신을 위로하려는 알량한 생각이나 자비 따위는 없다. 하지만 공감이 된다면 기분 좋고, 도움이 된다면 조금 우쭐해질 것 같다.

울고 나면 나아질 거야.
폭풍눈물 제조용 노래

에피톤 프로젝트, 〈나는 그 사람이 아프다〉
"나 솔직히 무섭다. 그대 없는 생활, 어떻게 버틸지.
함께한 시간이 많아서였을까. 생각할수록 자꾸만 미
안했던 일이 떠올라."

박정현, 〈눈물이 주룩주룩〉
"가슴 먹먹 답답해. 이제와 뭘 어떡해. 왠지 너무 쉽게
견딘다 했어."

윤종신, 〈내일 할 일〉
"아무리 떠올려 봐도 그려지지 않는 너의 이별표정도
이 밤 지나면 보게 되겠지."

아이유, 〈첫 이별 그날 밤〉
"수고했어, 사랑. 고생했지, 나의 사랑. 우리 이별을
고민했던 밤. 서로를 위한 이별이라고. 사랑했단 너의
말을 믿을게."

장기하와얼굴들, 〈그때 그 노래〉

"예쁜 물감으로 서너 번 덧칠했을 뿐인데 어느새 다 덮여버렸구나 하며 웃었는데, 알고 보니 나는 오래된 예배당 천장을 죄다 메꿔야 하는 페인트장이였구나."

노리플라이, 〈그대 걷던 길〉

"그대 손을 붙잡던 버릇이 아직 남아서, 주머니 속 내 손이 익숙해지질 않아."

이소라, 〈바람이 분다〉

"내게는 소중했던 잠 못 이루던 날들이 너에겐 지금과 다르지 않았다. 사랑은 비극이어라. 그대는 내가 아니다. 추억은 다르게 적힌다."

아련아련,
그래도 아름다웠노라고 이야기하고 싶다면

성시경, 〈더 아름다워져〉
"거짓말처럼 그렇게 돌아가고픈 한 순간. 조용히 너의
무릎을 베고 바라보던 하늘과 때마침 불어주던 바람"

요조, 김진표, 〈좋아해〉
"어떻게 지낼까? 정신없이 살다가도 거짓말처럼 막
보고 싶고 그래. 너의 곁에선 하루가 참 짧았었는데,
기억하니? 그리운 시간들, 돌아가고 싶은 한 때, 떠올
리다 보면 어느새 웃곤 해."

이승기, 〈숲〉
"어딘가에, 우리가 함께 웃던 날이. 저 어딘가에, 우리
가 아파했던 날이. 아직 여기 남아 있는 흔적이. 우리
사랑했던 날들에 끝나지 않았다는 걸 말해."

가을방학, 〈가끔 미치도록 네가 안고 싶어질 때가 있어〉
"넌 날 아프게 하는 사람이 아냐. 수없이 많은 나날들

속을 반짝이고 있어. 항상 고마웠어. 아무도 이해할 수 없는 얘기겠지만."

존나쎄 모드,
강한 여자 마인드로 무장하고 싶다면

에일리, 〈보여줄게〉

"보여줄게, 완전히 달라진 나. 보여줄게, 훨씬 더 예뻐진 나. 바보처럼 사랑 때문에 떠난 너 때문에 울지 않을래."

박정현, 〈미안해〉

"미안해. 이제 너를 용서할 수가 없어. 내 마음을 다시 돌려보려는 쓸데없는 노력하지 마."

지나, 〈꺼져줄게 잘 살아〉

"꺼져줄게, 잘 살아. 그 말밖에 난 못해. 잊어줄게, 잘 살아. 나 없이도 행복해, 네가 버린 사랑 네가 가져가. 남김없이 가져가. 미안하단 말도 하지 마. 내 걱정하지 마."

2NE1, 〈in the club〉

"In the club, 오늘밤 그에게. In the club, 내 모든 걸 줄래. In the club, 니가 그녀와 그랬던 것처럼 쉽게 사랑할래."

진주, 〈난 괜찮아〉

"나는 너를 잊을 거야. 모두 잊고야 말 거야. 꼭 할 거야. 너를 지워버릴 거야."

 이별한 걸 생각조차 하고 싶지 않을 때,
마취제처럼

샤이니, 〈누난 너무 예뻐〉

" 누난 너무 예뻐서 남자들이 가만 안 둬. 흔들리는 그녀의 맘 사실 알고 있어."

위너, 〈끼 부리지마〉

"거긴 왜 또 간대? 당연히 안 돼. 남자는 나 빼고 다 한패. 네 꺼 바로 여기 있잖아."

재지팩트, 〈아까워〉

"우리 청춘은 한없이 웃기도 빡세서 가만히 안기보단 너를 꽉 안겠어."

 찌질함의 끝, 그가 다시 돌아올 거라는
상상을 하고 싶을 때

성시경, 〈난 좋아〉

"괜찮아, 괜찮아. 미안해 하지 마. 넌 내게 언제나 고마운 기억인걸. 혹시 돌아오고 싶다면 지금이라도 난."

어쿠스틱콜라보, 〈waiting for you〉

"기나긴 아픔 속에 그 사랑이 다시 날 찾아, 또 행복해지길 바래."

원모어찬스, 〈시간을 거슬러〉

"시간을 거슬러, 우리 다시 만날 수만 있다면. 우리 다시 사랑할 수 있다면. 나의 모든 것을 다 버린대도."

박지윤, 〈환상〉

"그대 떠난걸, 헤어졌다는걸, 혼자라는걸, 난 믿을 수
가 없는걸. 저 문을 열고 걸어 들어오는 그대 모습만
아직도 떠오르는걸."

Chapter 02
구 여 친   이 별   상 담 소

......

구남친들과

취중대담,

그가 말했다

      이미 앞장에서 밝혔듯이 나는 진짜 내 구남친을 만나 인터뷰하려고 하다가 그의 결혼 소식 폭탄을 맞고 뻗은 바 있다. 그래도 이별에 관한 주제의 글을 쓰게 되면서, 나는 구남친과 만나 우리의 이별, 그리고 그 시간들에 관해 꼭 한 번은 이야기하고 싶었다. 그러나 아쉽게도 내가 유부남을 불러낼 만큼의 대찬 난년은 아니라서, 대신 남의 구남친들을 만나 (술을 좀 먹이고) 그들의 솔직한 이별 이야기를 들어봤다. 우리가 늘 궁금했지만 차마 직접 그에게 따지고 들지는 못했던 그 이야기들. 그들에게서 답을 들어보자.

▲▲▲

H군: 30대 초반. 현재 두 달된 (어리고 술 잘 먹는) 여친 있음. 자신은 늘 을의 연애를 했다고 주장함.

J군: 20대 후반. 4년 사권 과CC 여친과 이별 후 FA시장에 내놓인 지도 어언 2년. 안 생겨요.

R군: 30대 초반. 작년 가을 일방적 이별 통보를 받고 회복 불가능 상태에 빠졌다가 최근에는 1989년생 여성 두 명과 동시에 썸을 타고 있는 돌아온 난봉꾼.

팜므팥알(이하 팜으로 표기) : 이런 자리에 나와주어 무척 고맙다. 무슨 심정으로 이 자리에 나왔는지 각오를 밝혀달라.

H군: 구여친에 대해 진지하게 이야기해볼 기회는 처음이라 신선했다. 오히려 친구에게 얘기하는 것보다 더 편하고 솔직해질 수 있을 거라 생각한다.

J군: 오래 사권 여자친구와의 이별 후 공백기가 길었다. 소개팅도 잘 안 됐고, 그러다 보니 자연스레 구여친에 관해 많은 생각을 하게 되었다. 미안한 마음도 있다. 그렇지만 이야기를 해보면서 나 자신도 감정적으로 많이 정리되리라 기대한다.

R군: 이별 후 아직까지 극복이 잘 안 된다. 미련이 쩌는 상태. 나름

의 납득과 용서를 위하여 나왔다. 하지만 이 자리에서는 본격 싸이코 드라마처럼 한 사람만 깔 생각이다.

팜: 좋다. 페이스북과 트위터, 그리고 내 지인들을 통해 구여친들이 궁금해하는 질문들을 모아봤다. 솔직하게 있는 그대로 답해주시라. 첫 번째 질문, "왜 헤어졌나?"

J군: 과CC로 4년을 만났고 권태기가 극복되지 않아 헤어졌다. 알고 보니 그 친구는 2년째에, 나는 4년째에 권태기가 찾아온 거더라. 여자친구는 극복하고 돌아왔지만 나는 결국 극복이 안 됐다. 아예 그 친구와 뭘 하고 싶다는 생각조차 없으니 헤어져야겠다는 판단이 섰다. 시간을 갖기로 하고 한 달 후 결국 이별을 말했다. 원래 참는 성격이라 사귀는 동안은 말을 하나도 못하다가 그날 다 쏟아냈던 것 같다. 여자친구는 그날 나를 붙잡았다. 이렇게 대화를 했으니 나아질 거라 설득하더라. 그래서 한 달을 더 만났지만 극복하지 못하고 식은 감정만 재확인했다. 다시 만나 얘기하면 설득당할 것 같아 카톡으로 헤어졌다. (두둥!) 또 두 번이나 만나서 헤어지자는 얘기를 하기가 너무 미안하기도 했다. 내 입장에서는 할 만큼 해보았기에 후회나 미련은 없다.

R군: 작년 가을 처절하게 차였다. 얼굴조차 못 보고 통보 당했다.

여자친구가 해외출장을 갔었는데, 돌아오는 날 연락이 안 되더라. 전혀 이별의 징조가 없다가 갑자기 당해서 더욱 멘붕이었다. 이별의 이유가 뭔지도, 확실한 마침표도 없이 끝나서 더 화가 나고 미련도 남는다.

H군: 1년 반 정도 동갑인 친구와 6개월 정도 만나다 내가 이별을 고했다. 그녀와는 직업과 인생 전반에 대한 가치관, 결혼관 등이 맞지 않았다. 의견 차이가 계속 이어지다 보니 마음의 틈이 생긴 것 같다. 연애의 목적 자체가 흐려지고 그냥 일상적인 느낌이 되는 게 싫었다. 결혼 적령기에 접어든 나이가 되다 보니 책임감도 무겁고, 포기하고 도망친 거다. 사실 그 모든 걸 책임지고 싶을 만큼 좋지는 않았으니까.

팜: R군의 짠내 나는 이별 외에 둘은 가해자 입장이다. 결국은 둘 다 마음이 전 같지 않기 때문에 이별을 고한 것 같다. 그렇다면 이어지는 다음 질문은 이것이다. "언제부터 마음이 식은 것을 느꼈나?"

R군: 그걸 어느 한때로 정해서 말하기는 어렵다. 감정이란 게 원래 왔다갔다 하지 않나. 항상 예뻐 보이다가도 또 어떨 때는 내 쪽으로 달려오는 여자친구의 못생김이 막 보일 때가 있다.(H군 S군

모두 격하게 공감).

H군: 맞다. 바이오리듬 같기도 하다. 감정이 올라갔다가 내려갔다가 하는데, 그렇게 한 번 세게 못생김이 보이고 나면 못생김으로 계속 간다. 안 올라오고 자꾸 내려간다.

R군: 나는 그래서, 그럴 때 여친한테 옷을 사준다. (모두 경악) 내가 보기에 예쁘게 만들어주는 거지. 그런데 그러다가 한참 예뻐 보일 때 차인 거다.

H군, J군: 문제를 자기 내부에서 해결하려고 했다니 대단하다.

R군: 나는 내가 여자친구한테 헌신한다고 느낄 때 너무 좋다. 그래서 그런 것 같다.

H군: 아, 그런데 나도 그렇게 식은 마음이 돌아올 때가 있다. 19금이 너무 좋았을 때다. (S군, R군 탄성과 함께 대공감) 몸이 갈 때 마음도 가는 거, 부정할 수는 없는 것 같다.

J군: 그런데 여자들도 알았으면 좋겠다. 노력은 해보겠지만 한 번 떠난 마음은 예전하고는 다를 수밖에 없다는 걸 말이다. 마음이 100퍼센트 가지 않는데 노력한다고 달라질까? 기를 쓰고 노력하면 반감만 더 생긴다.

H군: 맞다. 나는 그것 또한 관계의 강박이라 생각한다. 노력했는데도 안 되면 본전 생각나서 더 힘들다.

R군: 마음 변한 남자가 갑자기 잘해주는 경우는, 나쁜 짓을 했거

나 실수했을 때다.

일동: 오오, 맞아!!

H군: 진짜! 적당한 외도를 해보면 '이 친구만 한 애가 없구나' 깨닫고 돌아온다.

J군: 맞다. 새로운 충격을 주는 방법인 것 같다.

R군: 그러니까 여자들이 밀당해야 한다. 집착도 했다가 방치도 했다가…. 남자들 그런 거 되게 좋아한다.

팜: …. (대담 당시에는 참고 들었지만 원고 정리하다 보니 빡침. 남자. 니들은 노력하면 반감 생기고 더 안 된다면서 여자들은 밀당도 해줘야 되고 외도하고 돌아오는 새끼 받아줘야 되냐. 이럴 거면 그냥 그 구역 호구새끼를 찾아 사귀도록. 애꿎은 소녀들 여린 하트 들쑤시지 말고.) 다음 질문이다. "헤어진 후 구여친에게 연락, 해본 적 있나? 전설의 '자니?' 드립."

H군: 어릴 때 해봤다. 그래봐야 고작 4, 5년 전이지만. 헤어지고 얼마 안 되어 회사 워크숍을 갔는데, 그때 술을 엄청 많이 마시게 됐다. 그러다 나도 모르게 나와서 전화해 한 시간 정도 통화를 했다. 그리고 일주일 후에 또 술 잔뜩 마시고 전화를 했다. 통화 내용은 기억이 안 나고, 그 이후에 다른 연락은 없었다. 그때 구여친은

그 전화를 왜 받아줬나 모르겠다.

J군: 나도 좀 옛날, 대학교 1, 2학년 때 얘기다. 그때는 술버릇처럼 술만 마시고 취하면 가는 장소가 있었다. 지금 생각하면 그냥 그 당시 술버릇 패턴 같다. 술 먹고 구여친네 집 앞에 가서 전화해대고, 기억도 못한 채 후회하고. 진짜 무서운 패턴이었다.

R군: 나는 원래 술 마셔도 필름 끊기는 일도 없고, 정신도 그대로여서 술 때문에라도 한 번도 해본 적이 없다.

팜: 음, 해보았다면 다들 술 마시고 나서 그랬다는 게 재밌다. 맨 정신에는 절대 안 하고 싶었던 것인가? 그럼 이 주제로 이어서 또 질문하겠다. "구여친들 사이에는 구남친을 돌아오게 하고 싶으면 절대 먼저 연락해선 안 된다는 속설이 있다. 연락하고 싶은 것 참고, 참고, 또 참으면 연락 오게 되어 있다고. 이 속설에 동의하는가?"

J군: 난 구여친한테 연락이 안 와도 내가 연락 안 한다. 아, 그런데 어느 정도는 맞는 게, 나는 구여친한테 먼저 오는 연락은 절대 안 받아준다. 씹는다.

H군: 맞다. 연락이 오면 그나마 남아 있던 환상이 확 깨진다.

J군: 그냥 바로 삭제!

R군: 내 생각에 이건 스코어 게임 같다. 자신이 이긴 채로 남아 있고 싶은 심리 말이다.

팜: 스코어 게임? 자세히 설명해달라.

R군: 만약 내가 찼을 경우에 구여친이 나한테 연락이 오거나 나 때문에 힘들어하는 것이 보이면 사람인지라 어느 정도 우월감을 느낀다. 그리고 그 상태를 깨고 싶지 않아 남자는 절대 연락하지 않는다. 그런데 반대로 내가 찼는데도, 그 여자가 나한테 연락도 없이 너무나 잘 지낸다면 남자는 혼란을 느낀다. 이상하다. 내가 이기고 끝난 게임이었는데, 승자가 내가 아닌 것 같은 거지. 그래서 진짜 감정이나 미련이 있어서라기보다는 그 스코어를 확인하려 구여친한테 전화하게 되는 것 같다. 그런데 뭐 그 심리 때문에 고민하고 생각하다가 진짜로 그 여자를 그리워하게 되는 경우도 있을 수 있다.

H군: 맞는 것 같다. 헤어진 후 연락이 오지 않으면 그 여자에 대한 이미지도 미화된다. 그만 한 애도 없었는데, 그런 후회도 들고. 갑의 입장에서 찼는데 을이 너무 말짱하면 지는 기분 아닌가.

H군: 그렇게 지는 기분이 반복되다 보면 남자는 연락을 하게 된다. 너 진짜 잘 사는 건지 확인하려고.

R군: 맞다. 헤어졌어도 상대가 잘 지내고 잘 살았으면 하는 마음도 있지만, 한편으로는 나 때문에 조금은 힘들었으면 좋겠다.

H군: 어쩔 수 없이 이중적인 마음이 생기는 거다. 사람이니까.

R군: 사실 나는 헤어지고 나서, 구여친과의 기념일에 둘만 기억하는 것으로 선물 사들고 찾아가려고 계획했던 적도 있다. 결국 아닌 걸 너무 잘 알아서 포기했다. 지금 생각하면 잘한 것 같다. 여자들도 차였다면 절대 안 했으면 좋겠다. 후회만 남을 거다.

H군: 여자들 구남친한테 절대 먼저 전화하지 마라. 그렇게 연락이 없다가 우연히 마주친다면 남자들 단순해서 운명인가 하고 생각한다. 상대에게 미련을 보이기보다는 아련하게 남아라.

팜: 신선한 시각이다. 스코어 게임이라니…. 남자들은 인간관계도 스포츠를 대하듯 하는 것 같다. 연락 이야기를 하다 보니 갑자기 떠오른 질문이다. "구여친의 전화번호, 지금도 외우고 있나?"

H군: 외운다. 그런데 웃긴 게 정작 사귈 때에는 못 외웠다. 헤어지고 나서 외우게 됐다. 이것 때문에 식겁한 적이 있는데, 헤어지고 7, 8개월 뒤 현여친한테 전화한다는 걸 무의식적으로 구여친 번호를 눌러 걸었다. 구여친이 받아서 나도 놀라고 그녀도 놀랐는데 아무렇지도 않은 척, 쿨한 척 안부 묻고 얼른 끊었다.

R군: 난 못 외운다. 원래 사귈 때도 굳이 외우거나 하지 않았다.

J군: 신기하다. 생각해본 적 없었는데, 지금 다 생각난다. 구여친, 구구여친 번호까지 다 기억난다.

H군: 임창정의 '소주 한 잔' 노래 들으면 가장 처음 사귀었던 여자친구가 생각난다. 군대에서 헤어졌는데, 그때가 한참 휴대전화 번호가 01×에서 010으로 모두 바뀔 때였다. 구여친 번호는 010으로 바뀌었지만, 결번이 된 예전 번호 01×로 몇 번씩 전화하곤 했다.

팜: 흐엉, 낭만적이다. 슬프다.

H군: 남자들이 들으면 찌질하다고 웃을 거다.

J군: 음, 아무 말도 하지 않겠다.

R군: 남자들도 슬프고 아프고 그렇지 뭐. 센 척하느라 티 못 내서 그렇지. 다 똑같다.

팜: 센 척…. (웃음) 다음 질문으로 넘어가겠다. "자숙 기간, 그러니까 이별 후 새로운 사람을 만나는 데 걸리는 시간은 대략 어느 정도인가?"

H군: 한 달 정도. 최근 두 번 연속 다 한 달 정도씩 걸렸다.

J군: 나는 전에 반년 정도 텀이 있었고, 이번 텀은 언제까지 이어질지 전혀 모르겠다.

R군: 난 1년 정도.

H군: 내가 생각해도 너무 짧은 감이 있어서 상대에게 거짓말도 해 봤다.

J군: 반대로 나는 이번에 공백기가 너무 길어지니 누가 물어보면 속이고 싶을 때가 있다. 뭔가 문제 있다고 볼까 하는 생각에 조금 불안하다.

R군: 이 나이쯤 되면(30대 초반) 연애 경력이 많은 게 더 흠이 될 수도 있지 않을까? 우리 나이 또래 여자들은 안정이나 정착을 원하니까.

H군: 생각해보니 지금 여자친구는 그 공백기가 나보다도 짧다. 진 느낌인데?

팜: 그렇다면, "본인들이 생각하기에 바람직한 자숙의 시간은 어느 정도인가?"

H군: 난 반 년 정도라 생각한다. 공백기가 너무 길어지면 연애세포도 죽고 연애 패턴도 잃을 것 같다. 사람은 사람으로 잊는 법 아닌가? 반 년 정도 되면 얼추 정리는 다 끝난다고 생각한다. '그랬었지' 하는 단계.

R군: 욕 먹기 싫으면 상대방이 딴 사람 먼저 생기고 그다음에 만나면 될 것 같다.

H군: 그건 너무 이타적인 시선 아닌가?

J군: 근데 나도 R군에게 동감. '네가 누굴 만나도 나만 한 놈은 없을 거야' 하는 자신감이 있으면 상대가 나보다 먼저 다른 사람 만나도 너그러워진다.

H군: 사실 남자는 '나보다 좋은 놈 없을걸?' 하는 생각 다 가진다.

팜: (왐마?!?!?!)

R군: 근데 내가 차였을 땐 또 '기필코 내가 먼저 만나고 만다' 하는 오기가 생긴다.

팜: 다음으로는 "구여친이 그리운 순간"을 이야기해달라.

R군: 구여친이 내게 적극적으로 사랑을 표현해주었을 때다. 야근하면 도시락 싸서 찾아오기도 했다. 나를 사랑해주고 나를 위해 노력해줬던 그 기억들을 잊지 못해서 질질 미련이 생기는 것 같다. 또 구여친이 되게 좋아하던 캐릭터나 그런 거 봤을 때, 챙겨주고 싶은데 줄 사람이 없을 때 그립다.

J군: 나는 그런 경우 거의 없다. 최근엔 솔직히 내 인생 챙기기도 바빴다. 그럴 겨를이 없었다.

H군: 솔직히 이야기하자면 구여친과의 19금, 속궁합이 그립기도 하다. 구여친하고는 정말 굉장했다. 또 이것 말고도 시간이 좀 지

나서 마음이 정리되고나니 오히려 그 친구가 더 생각난다. 이기적인 생각이겠지만 그냥 좋은 친구로 지내고도 싶다. 편하게 대화할 수 있지 않을까 하는 생각에 그리워지기도 한다. 좋은 사람이었으니까.

R군 : 남자들은 구여친을 모두 미화한다.

H군 : 남자들은 다 그렇다. 근데 여자는 그 반대이지 않나? 여자는 헤어지면 남자에 대한 나쁜 기억을 더 많이 하는 것 같다. 그래서 여자는 빨리 아프고 잊어버리지만, 남자는 천천히 아프다.

R군 : 비유하자면 남자는 마음의 방이 다세대고 여자는 원룸인 것 같다.

J군 : 나는 술 먹을 때 가끔 생각난다. 또 다세대니까 여러 사람이 한꺼번에 생각난다.

H군 : 난 주로 구여친의 버릇 같은 게 떠오를 때 그립다. 같이 먹었던 음식, 같이 듣던 음악을 접할 때마다 그리워진다.

R군 : 서울 어딘가의 장소만 가도 생각난다.

J군 : 사실 그리워지면 사소한 모든 것에서 회상하게 된다.

R군 : 이별 노래도 진짜 다 내 노래 같다.

팜 : 오, 노래! 그렇다면 "가장 위로가 되었던 이별 음악"은 뭐였나?

R군: '잊혀진 계절(이용)' 정말 '한마디 변명도 못하고' 차였다. 당시에는 '곰인형(린)', '자니(프라이머리)' 많이 들었다.

H군: '내가 웃는 게 웃는 게 아니야(리쌍)' 정말 공감 많이 했다. '첫 이별 그날 밤(아이유)' 이 노래 가사도 많이 공감된다.

J군: '오늘 헤어졌어요(윤하).'

R군: 뮤직테라피의 효과는 분명 상당하다.

H군: '사랑했지만(김광석)'도 자주 들었다. 그 노래를 부르면 내가 그녀를 정말 사랑했던 것 같은 감상에 빠질 수 있어서 좋다. 이별을 즐기는 듯한 기분이다.

팜: 요즘은 EX가 하는 SNS도 이별 후에 상당한 타격이 되는 것 같다. "구여친의 SNS 때문에 스트레스 받은 적 있는가? 혹은 SNS로 연락이 온 적은?"

R군: 구여친의 새남친 사진이 SNS에 전체공개되어 본 적 있다. 솔직히 내가 더 나은데 하는 생각이 들어서 더 빡치더라.

H군: 아, 나는 캔디크러시사가 하트가 온 적이 있다. (모두 빵 터짐)

팜: 또 그런 게임들 아이템은 왜들 다 하트야. (웃음)

H군: 그리고 구여친은 아니고, 구여친의 새남친으로부터 페북 친구 신청이 온 적이 있다. 난 그때 구여친하고 페친도 아니었는데. 구여친과 찍은 사진을 프로필로 해놓고선 내게 친구 신청을 했다.

처음에 뭔가 싫어서 받았다가 다시 끊었는데, 꿋꿋하게 다시 신청하더라. 세상엔 참 병신이 많다.

팜: 진짜 병ㅋ신ㅋ 구여친과 그 남자는 아직 사귀나?

H군: 금방 헤어진 것 같다.

팜: 그렇다면 "구여친의 새남친 소식에 심쿵한가?"

R군: 일단 남자 얼굴부터 스캔. 잘난 놈이면 ××하고 넘어가지만, 아니면 진짜 욕이 더 나온다.

J군: '겨우 이 새끼야?' 이런 기분.

R군: 주변에 마구 동조를 구한다. '이 새끼 별루지?'

H군: '돈이 많은가?' '직업이 좋은가' 하는 생각도 같이 든다.

R군: 여자들, 남자한테 복수하고 싶으면 꼭 구남친보다 못생긴 애 만나라. 그럼 더 성질 뻗쳐 잠 못 잔다.

팜: (여러분, 우리 구남친한테 복수하지 말고 그냥 잘생긴 사람 만납시다.)

J군: 구여친의 새남친 소식, 나는 진짜로 최근에 들었다. 어쨌든 헤어진 지도 오래됐으니, 그냥 별 생각 없었다.

H군: 구여친이 나랑 사귄 기간보다 새남친과 더 길게 만나는 걸 보면 기분이 되게 묘하다. '이 여자는 진짜 내 여자가 아니었구나.' 하는 묘하고 아련한 기분이 든다.

팜: "만약 지금 구여친이 당신에게 다시 돌아오고 싶다고 매달린다면 어떤가?"

J군: 솔직히 '그래, 결국 네가 날 찾는 구나!' 싶어 기분은 좋을 것 같다. 그러나 받아주지는 못할 것 같다. 이미 시간이 많이 지났고 서로에게 더 이상의 호기심이나 흥미가 없는데, 새롭게 사랑할 자신이 없다.

H군: 슬프면서도 기쁠 것 같다. 심리적인 우월감도 들겠지. 근데 '얘는 그동안 좋은 사람을 만나지 못했구나.' 하는 안타까운 마음도 들고 슬플 것 같다. 잘 살라고 보내준 건데…. 근데 나도 결국 다시 만나지는 못할 것 같다. 한편으론 엄청 발전되고 엄청 매력적으로 변해서 다가온다면 다른 마음이 들지도 모르겠다.

R군: 난 대화도 없이 이별을 당했기 때문에, 다시 온다면 대화를 제대로 하고 마침표를 찍고 싶다. 어쩌면 며칠은 만날 것 같기도 하다. 그런데 해피엔딩은 안 될 걸 안다.

팜: "구여친에게 미안한 것, 후회가 되는 것이 있나?"

R군: 헤어지고 담배를 끊었다. 피부 관리도 받고 운동도 했다. 사귀는 동안 여자친구한테 꾸미지 않은 모습, 관리가 안 된 모습을

자주 보여준 것이 후회가 됐다. 그 친구는 내가 살찌고 편하게 관리 안 하는 모습이 좋다고 했다. 안심이 된다고. 그래서 거기에 나도 안주한 것 같다. 진짜 그런 줄 알고.

J군: 나는 내 이야기를 너무 안 한 것이 미안하고 후회스럽다. 서운하면 서운하다고 대화를 했어야 했는데, 참는 게 그 친구를 위하는 것인줄 알고 내 마음을 너무 숨겼다. 그게 결국 독이 되고 끝나게 된 원인이 된 것 같아 미안하다.

H군: 나는 예쁘다는 말 많이 못해줬던 거.

팜: 꺄!!!!!!! (취향 저격 당해 육성으로 소리 지름)

H군: ㅋㅋ 그 얘기 왜 많이 못해줬지 싶다. 내 눈엔 정말 예쁜 친구였는데, 얘기 많이 해줬으면 그 친구도 좋아하지 않았을까 싶어 후회된다.

R군: 맞다. 나도 그런 게 있다. 구여친은 내가 표현하거나 낭만적인 말을 하면 부끄러운지 오글오글하다는 반응을 보였다. 그러니 나도 팬시리 더 안하게 됐는데, 사실 그냥 내가 좋아하는 만큼 더 표현할 걸 후회된다.

　　　팜: 이제 마무리를 향해 가보자. "당신에게 구여친이란?"

J군: 때로는 추억이고, 때로는 그냥 가십. 내가 더 잘 살아야지 하

는 원동력도 된다. 구여친보다 더 좋은 여자 만나고 싶으니 더 발전해야지 하는 동기 부여도 된다.

팜: (시발)

H군: 집에 꽂혀 있는 과월호 잡지다. 그땐 정말 재미있었고 좋았다. 가끔 다시 읽어보면, 놓친 부분도 있고 다시 봐도 재미있는 부분도 있다. 그렇지만 새 잡지하고는 비교가 안 되는, 감정적인 설렘은 조금도 없는 과월호 잡지. 아련한 섹션은 한두 개쯤 있어서 버리진 않는 그런 거.

R군: 나도 좀 비슷한 맥락인데, 안 입는 옷 같다. 옷장 정리하다 보면, 언젠간 입어야지 하고 남겨두지만 결국엔 안 입는 옷. 정리할까 하면 이게 얼마짜린데, 얼마나 좋아했던 옷인데 하면서 미련이 생기는 것. 아예 찢어지거나 망가지지 않는 한 버리기는 어려운 그런 것.

J군: 맞다. 그냥 입지 않을 뿐, 버리지는 않는다.

  팜: 다들 시인 같다. 정말 정말 마지막 질문이다.
  "구여친에게 마지막 한마디 해주세요."

R군: 미안하긴 한데, 그 남자는 좀 아닌 것 같다.

H군: 고생했고, 수고했다. 행복해라. 아, 지금 이 말하면 되겠다.

너 참 예쁘다. 그 말 많이 못해줘서 미안했어.

J군: 잘 살아라. 정말. 그리고 난 더 잘 살 거다.

대담은 이렇게 끝. 술을 진탕 먹여 헛소리를 잔뜩 하게 해 악마의 편집을 해볼까도 생각했지만 술값을 내가 내야 했으므로 참았다. '구남친개객끼가 뭐라 생각하든 무슨 상관이냐. 염병.' 하며 쿨하게 사는 것이 최고라 생각하지만, 그래도 인간인지라 나도 때론 그들이 궁금했다. 무슨 생각으로 나같이 쩌는 여자를 놓쳤는지 뭐 그런(넝~담~ㅎ)….

막상 구남친들과 이야기를 해보고 나니, 그냥 사람이구나. 남자도 이별하면 아파하는구나 하는 생각이 들었다. 별 다를 것 없었다. 그들도 똑같이 찌질하고, 또 막상 겁나 잘 살고 있지도 않았다. 혹시 당신도 구남친이 궁금해서라도 맘속에 쓸데없는 찌꺼기가 조금이라도 남아 있다면, 이 대담을 끝으로 훌훌 털어낼 수 있었으면 좋겠다. 재들도 우리보다 더 잘 살겠다 다짐하는데, 질 수 없지. 참을 수 없이 아프고 괴로워도 어쨌거나 시간은 흐르고, 다들 잘도 살아간다. 결국 우리도, 그럴 수 있을 거다. 우리 존재 파이팅.

......

구여친북스
이야기

이 책은 찌질하고 짠내 나는 나의 연애와 이별 이야기다. 그저 별것 없는, 헤어지고 아파했던 평범한 이야기를 하고 싶어서 '구여친북스'를 만들었다. 2013년, 2014년 연이어 출간된 독립출판물 〈9여친 1집〉과 〈9여친 2집〉의 남자 주인공은 두 사람이다. 최근에 헤어진 그 애와 내 대학시절 첫사랑 오빠.

사랑이 모두 끝나고 나니, 어느 쪽이 진짜 사랑인지는 잘 모르겠다. 내 마음이 아픈 것이 그 애 때문인지, 아니면 그 오빠 때문인지도 헷갈린다. 하지만 그게 뭐 대수인가. 그걸 신경 쓸 상대방도 이제 내게 없고. 또 내 감정은 온전히 내 것인 것을. 나는 두 사람 모두 열심히, 열렬히 사랑했다. 그리고 헤어진 후 참 많이 아팠고 지금도 아프다. 그거면 됐지. 안 그래? 고소는 하지마여…. 실명은 안 깠잖아.

앞에서도 살짝 얘기한 바 있지만 내가 이 책을 만든 이유는 '잊고 싶지 않아서'다. 나중에 나이가 들고 나서 젊은 시절의 기억들, 누군가를 열렬히 사랑했던 추억들이 다 재산이고 보물이라는 말을 들었다. 그때 나는 조금 아연했다. 내가 아프다는 이유로 내 모든 사랑한 기억들을 억지로 지워내고 있었기 때문이다. 내게 남은 그 재산과 보물들을 모두 잊어버리면 너무 아깝다는 생각이 들었다. 사랑한 순간이 지금은 비록 내게 날선 유리조각처럼 생채기만 남길지라도 언젠가 세월이 지나면 그 순간들도 닳고 둥글어져 빛나는 보석처럼 남지 않을까 하는 기대도 생겼다. 그리고 글을 쓰고 생각을 더듬으며 분명히 나는 아팠다. 그리고 행복했다. 이별의 아픔과 상실 앞에 그동안 나는 내가 그들에게 충분히 사랑받았음을 망각하고 있었다. 내가 잃어버린 그 순간들을 다시 찾아 이야기할 수 있어서 좋았다.

사실은 조금 겁도 난다. 별것도 아닌 내 얘기이고, 특별한 것도 없는 내 연애와 이별 얘긴데, 누가 이걸 궁금해 할까? 정말 개인적인 이야기들이어서 발가벗는 기분으로 다 쏟아냈는데, 별로 재미없다고 하면 어쩌지? 하지만 뭐 어때. 시×, 나는 나만의 길을 간다. 혼자 끙끙대고 쳐울던 내가 이제 그들을 이용해서 이렇게 멀쩡히 추억팔이도 할 수 있다는 것에 의미를 두려고 한다. 물론 그들을 위한 배려 따위는 없이 철저하게 나의 시각에서 나의 로맨스를 이야기했다.

스물여덟의 나는 사랑한 기억들로 내 페이지들을 열심히 채웠다. 할 말 많았던 구여친은 이제 여기서 입을 닫겠다. "널 사랑했다." 이제 정말 안녕.

앞에서 쿨하게 '정말 안녕' 해놓고 구질구질하게 이런 글 써서 미안하다. 하지만 원래 구여친의 매력은 구질구질함에 있는 거니까 당당해지련다.

사실 이 책의 출판이 정식으로 결정되었을 때, 감개무량한 기쁨과 함께 동시에 미칠 듯한 민망함과 망설임과 두려움이 밀려왔다.

"감히 나 따위가!"

나는 막 엄청 달필가도 아니고, 깊이 있고 내공 실한 그런 훌륭한 사람도 아니고 초미녀 연애고수는 더더욱 아니다. 잘 안다. 나도. 나는 자기객관화가 쩌니까. 그래도 내게 이런 벅차고 복에 겨운 기회가 생긴 감사한 이유가 있다면, 그것은 아마도 내가 겪은

이별과 연애가 너무나도 평범했기 때문이 아닐까 생각해본다. 지독한 이별을 여러 번 앓고, 또다시 누군가와 연애를 시작해도, 내게 변한 것은 (열 받지만) 없었다. 내 안에는 언제나 누군가를 사랑했던 내가 있고, 그 빈자리에 아파하는 내가 있다. 밤을 새워 쓰린 마음을 붙잡고 울고, 아련한 추억에 잠겨 쌍욕을 내뿜는, 열심히 사랑을 했던 구여친, 그녀가 있었다. 그리고 뜨겁게 사랑하고 아프게 이별해본 우리 모두의 내면에도 언제나 그녀는 함께 있다. 그러니까 이 책은, 나, 당신, 우리 모두의 연애와 이별의 이야기다.

　　물론 이 책에서 이별에 관한 깊이 있는 시대적 담론과 사랑에 관한 장대한 통찰 따위는 기대하지 마라. 재미있으면 장땡이고, 웃기는 게 최고라는 생각으로 쓰고 만들었다. '겁나 병맛'이며, '슬

픈데 웃겨, 시발'이라는 감상이 나온다면 이 책을 쓴 이로서는 더 이상 바랄 것이 없겠다. 병맛, 그리고 감성 터지게 읽어주셨기를 진심으로 바란다.

그리고 내가 책을 낼 일은 진짜 내 평생 처음이자 마지막일지도 모르니까 구차하게 스페셜 땡스 투도 적어보려 한다. 조금 구구절절해도 이해해주시길.

내게 글을 쓸 수 있는 첫 기회를 준 절망북스의 믹, 그리고 절망북스 친구들, 무보수 극노동으로 9여친 시리즈를 함께해준 롱, 그리고 기고자님들, 연애 칼럼으로 없는 재능을 기부시켜주셨던 빅이슈코리아, 3주에 한 번 내 글로 지면을 낭비해주시는 감사한 한겨레21, 독립출판계의 빛과 소금 헬로인디북스와 스토리지

북앤필름, 늘 넘치게 응원해주시는 미녀북스, 내 연애의 은인 연교&대웅이, 내 사랑 내 운명 쥬얼즈, 텀블벅 후원자님들을 비롯한 구여친북스를 사랑해주신 모든 독자님, 세계최고 출판사 RHK, 매력 터지는 일러스트로 함께해주신 설찌님, 지금도 이 책의 존재를 모르는 우리 엄마&아빠&오빠&할무니, 그리고 끝없는 인내와 양보로 이 책을 기꺼이 응원해준 대인배 킹 헌 남친님. 이 모든 분들께 바디앤소울을 가득 담아 정말로 깊은 감사를!

사실, 끝까지 읽어주신 여러분께 제일 고맙습니다.

사랑해여! 이제 레알 안녕!

다시 사랑을 믿고 싶은 이 순간,

이미 사랑은 시작되었다.

연애의 민낯

1판 1쇄 인쇄 2015년 2월 23일
1판 1쇄 발행 2015년 2월 28일

지은이 팜프팥알

발행인 양원석
본부장 김순미
책임편집 박지혜
해외저작권 황지현, 지소연
제작 문태일, 김수진
영업마케팅 김경만, 정재만, 곽희은, 임충진, 이영인, 장현기, 김민수,
　　　　　임우열, 윤기봉, 송기현, 우지연, 정미진, 이선미, 최경민

펴낸 곳 ㈜알에이치코리아
주소 서울시 금천구 가산디지털 2로 53, 20층 (가산동, 한라시그마밸리)
편집문의 02-6443-8845　구입문의 02-6443-8838
홈페이지 http://rhk.co.kr
등록 2004년 1월 15일 제2-3726호

ISBN 978-89-255-5550-8 (03810)

RHK 는 랜덤하우스코리아의 새 이름입니다.